Femmes et Fantômes

Du même auteur
chez le même éditeur

Liaisons étrangères
Les Amours d'Emily Turner
La Ville de nulle part
La Vérité sur Lorin Jones
Des gens comme les autres
Conflits de famille
Des amis imaginaires
Ne le dites pas aux grands
Comme des enfants

en collection de poche

Les Amours d'Emily Turner
La Ville de nulle part
La Vérité sur Lorin Jones
Des gens comme les autres
Conflits de famille
Des amis imaginaires
Comme des enfants

Alison Lurie

Femmes et Fantômes

Nouvelles

Traduit de l'anglais (États-Unis)
par Céline Schwaller

Rivages

Titre original :
Women and Ghosts

106, boulevard Saint-Germain – 75006 Paris

ISBN : 2-86930-791-8
ISSN : 0299-0520

La maison d'Ilse

Bien sûr, je me rends compte que les gens cherchent toujours à expliquer pourquoi je n'ai pas épousé Gregor Spiegelman. Ça se comprend; Greg était un sacré bon parti : beau, brillant, charmant, sexy. Il me faisait penser à ces vedettes européennes des années 30 qu'on voit dans les rediffusions à la télé; il avait le même style sobre et suave. Et non content d'être président de son unité d'étude et de recherche, il passait également pour une sommité dans son domaine. Tout le monde affirmait que seulement deux personnes au monde connaissaient aussi bien l'histoire économique des Balkans – certains disaient même qu'il n'en existait qu'une.

Tandis que moi, j'étais juste une jeune femme passablement jolie, avec une bonne place d'analyste de marché. J'estimais avoir eu de la chance en réussissant à amadouer Greg, alors que tant d'autres avaient essayé et échoué. Les femmes lui couraient après depuis quatre ans, depuis la rupture de son mariage et le retour de sa femme en Europe. J'étais moi-même assez contente. Même si je ne le criais pas sur les toits, je me disais secrètement que Dinah Kieran était sans doute la fille la plus chanceuse de tout l'état de New York.

Évidemment, certains de mes amis trouvaient Greg beaucoup trop vieux pour moi. Mais il ne faisait pas du tout ses cinquante-quatre ans : ses cheveux souples châtain clair ne grisonnaient presque pas, et il tenait une forme éblouissante : il jouait au squash et courait cinq kilomètres par jour. Je ne voyais pas pourquoi son âge biologique aurait dû me gêner. Autrefois, on considérait qu'il était judicieux d'épouser un homme déjà établi au lieu de tenter sa chance avec un garçon sans expérience, comme ma pauvre mère, qui l'avait regretté toute sa vie.

Parmi les gens que je connaissais, certains le trouvaient macho, mais pas moi. De toute façon, je ne partageais pas vraiment le point de vue féministe à l'époque. Bien sûr, je soutenais l'égalité des droits et des salaires; je gagnais autant que les hommes de mon service, et j'avais dû me battre pour en arriver là. Mais entendre mes amies s'indigner parce qu'elles trouvaient insultant qu'on leur avance une chaise au restaurant me rasait vraiment. Grand Dieu, pourquoi les hommes ne traiteraient-ils pas les femmes avec courtoisie et considération s'ils en avaient envie?

J'aimais bien être la petite chérie de Greg, si vous voulez savoir la vérité. J'aimais qu'il m'aide à passer mon manteau et me presse discrètement le bras en l'ajustant autour de mes épaules. J'aimais qu'il m'offre des cadeaux démodés : des parfums de luxe, des fleurs, de la lingerie fine dans les tons d'anémone qui seyaient à mon teint de gitane irlandaise : rouge, lavande et rose vif. Je crois qu'il me gâtait, en fait, mais après l'enfance que j'avais eue, j'avais grand besoin de compensations.

À l'époque, certains ont mis notre rupture sur le compte de la différence d'âge, et d'autres ont affirmé que je n'étais pas assez intellectuelle pour Gregor, ou pas assez mûre. Ils ont dit aussi que nous venions de milieux trop différents; ils sous-entendaient par là que j'avais grandi dans une caravane et que je n'avais pas fréquenté des écoles dignes de ce nom. Enfin! Tout s'est terminé si brusquement... Ça fait toujours jaser. La date du mariage avait été annoncée, les invitations envoyées, le traiteur retenu, la chapelle de l'université réservée... Et puis, deux semaines avant la cérémonie, crac, tout était fini.

En fait, c'est moi qui ai rompu. Tout le monde l'a su, nous ne l'avons pas caché, et la raison que nous avons donnée était la vraie, en somme : je refusais de vivre dans la maison de Greg. Les gens ont pensé que je déraillais complètement, étant donné que j'y habitais pratiquement depuis des mois.

Greg n'avouait pas souvent que je croyais sa cuisine hantée, parce que, selon lui, il s'agissait d'une mauvaise excuse. Après tout, je n'étais peut-être pas une universitaire, comme il l'avait une fois fait remarquer, mais je n'avais rien d'une fille ignorante et sans éducation. Je possédais un diplôme de statistiques, et je devais par conséquent me montrer plus rationnelle que la plupart des autres femmes, pas moins. Il n'a jamais cru que j'avais vraiment vu quelque chose. Personne d'autre n'avait eu d'expériences étranges chez lui, pas même sa femme de ménage hippie qui croyait à l'astrologie et à la réincarnation.

Vous devez comprendre que sa maison n'avait pas vraiment l'air hantée. C'était le genre d'endroit qu'on voit dans les publicités pour la peinture et le jardinage; une grande demeure blanche, moderne, de style colonial, donnant sur une large rue bordée d'arbres dans Corinth Heights. Ma mère se serait damnée pour une maison comme celle-là. Greg l'avait achetée au moment de son mariage, et la cuisine avait été entièrement redécorée avant le départ de sa femme. C'était une grande pièce avec des tas de placards et tout l'équipement haut de gamme qu'on pouvait imaginer : deux fours à micro-ondes, vide-ordures, lave-vaisselle, absolument tout. Elle était tapissée d'un papier peint vert avocat à fleurs et à rayures; la cuisinière, le frigo, les placards et les plans de travail étaient tous de ce même vert pâle maladif. Pas vraiment ma couleur préférée... Il y faisait un peu sombre la journée, à cause du plafond bas et des pins qui poussaient tout à côté. Quoi qu'il en soit, c'était à peu près le dernier endroit où on se serait attendu à rencontrer un fantôme.

Pourtant, j'ai bel et bien vu quelque chose. Du moins, je crois avoir vu quelque chose. Et ce que je crois avoir vu, c'est Ilse Spiegelman, l'ex-femme de Greg. Évidemment, ça n'avait aucun sens : comment Ilse pouvait-elle être un fantôme si elle n'était pas morte? Et à ma connaissance, elle ne l'était pas : elle vivait tranquillement en Tchécoslovaquie, enfin, aussi tranquillement qu'on pouvait y vivre sous le gouvernement de l'époque, et elle enseignait à l'université où Greg l'avait rencontrée.

Elle se sentait sûrement mieux là-bas, disait-il. Elle aimait sa maison, mais pas tellement le reste de l'Amérique. Même après huit ans, elle ne s'était toujours pas complètement adaptée.

« Je m'en veux, m'avait-il confié un jour. Je n'ai pas assez réfléchi à ce que je faisais en emmenant une femme loin de son pays, de sa famille, de sa carrière. J'ai seulement pensé à quel point la vie d'Ilse était étriquée, limitée. J'ai songé au deux-pièces froid et exigu qu'elle devait partager avec sa sœur et ses parents ; elle ne pouvait même pas s'acheter un manteau chaud pour l'hiver ni les livres et les revues dont elle avait besoin pour ses recherches. Je me suis imaginé qu'ici, elle serait vraiment heureuse, reconnaissante, mais j'avais tort. »

Naturellement, il s'attendait à ce qu'Ilse apprenne rapidement l'anglais. Lui-même né en Europe, il n'était venu en Amérique qu'à l'âge de dix ans – chose qu'on n'aurait jamais soupçonnée. Mais Ilse ne possédait aucun talent pour les langues, et elle ne parvint jamais à se sentir totalement à l'aise en anglais, ce qui posa un véritable problème quand elle commença à chercher du travail. Elle finit par trouver un ou deux emplois temporaires dans la recherche, et une place à mi-temps à la bibliothèque pour faire du catalogage ; mais ceci ne correspondait ni à son désir ni à ses habitudes.

Après quelque temps, Ilse n'essaya même plus de trouver du travail, et elle ne se faisait guère d'amis. Elle ne s'adaptait pas aussi facilement qu'il l'avait espéré. En fait, elle s'avérait extrêmement tendue, têtue, nerveuse, et plutôt égoïste. Quand les choses ne se déroulaient pas exactement comme elle l'entendait, elle devenait susceptible et réservée.

Par exemple, Ilse en vint à ne plus vouloir l'accompagner à certains endroits. Un concert, à la rigueur, ou un film, surtout s'il était dans une langue qu'elle connaissait. Mais elle n'aimait pas les soirées. Elle se plaignait que les gens parlaient trop vite pour qu'elle pût les comprendre, et que, de toute façon, ils ne voulaient pas discuter avec elle; on l'invitait seulement parce qu'elle était la femme de Gregor. D'après elle, tout le monde serait plus heureux si elle n'y allait pas.

Mais rester à la maison ne la rendait pas plus heureuse, parce qu'elle imaginait Greg en train de flirter. Je comprenais assez bien pourquoi elle se faisait ce genre d'idées. Greg aimait les femmes, et il se sentait à l'aise en leur compagnie. Il avait une façon particulière de se tenir près des jolies filles et de baisser la voix pour leur parler, un petit sourire tranquille aux lèvres. Parfois, il levait seulement le sourcil gauche. Ce n'était pas délibéré; en fait, un accident de vélo qu'il avait eu des années plus tôt l'empêchait de bouger le droit; mais ce tic produisait un effet dévastateur.

Sa façon de parler aux femmes m'avait ennuyée un peu au début, même si je me disais qu'elle ne portait pas à conséquence. Mais cette habitude rendait Ilse nerveuse et irascible. Elle savait sans doute que Greg avait un esprit grégaire, mais elle tenta tout de même de lui faire décliner des invitations. Et quand il parvenait à la persuader de se rendre à une soirée, elle le suivait partout, fermement accrochée à son bras. Elle voulait toujours partir avant lui. Évidemment, cette situation ne les amusait ni l'un ni l'autre, et il n'est pas étonnant qu'après quelque temps Greg n'essayât plus de la convaincre de l'accompagner.

Quand il sortait seul, Ilse veillait toujours jusqu'à son retour, bien qu'il lui ait maintes et maintes fois demandé d'aller se coucher. Ensuite, en l'attendant, elle prit l'habitude d'ouvrir une bouteille d'Amaretto, de crème de menthe ou d'alcools du même genre, et de se mettre à siroter, si bien qu'en rentrant, il la trouvait éméchée et irritable. Quand Greg lui avoua qu'il détestait la savoir boire seule, Ilse devint hystérique. « Tu bien boire, à ta soirée, pourquoi je ne pas pouvoir boire? » cria-t-elle. Et quand il lui fit remarquer qu'elle avait presque fini la bouteille de Kahlùa que ses étudiants lui avaient offerte pour Noël, elle se mit à hurler et à le traiter de radin, ou du mot tchèque de circonstance.

Finalement, un soir, Greg rentra aux alentours d'une heure et demie du matin. C'était complètement innocent : il discutait politique et n'avait pas vu passer l'heure. Au début, il crut qu'Ilse s'était endormie, mais elle ne se trouvait pas dans la chambre et ne répondait pas à ses appels. Inquiet, il fit le tour de la maison. Il finit par se rendre à la cuisine où il alluma la lumière, et il la découvrit assise par terre, coincée entre le réfrigérateur et le mur où étaient rangés les balais et les serpillières.

Greg lui demanda ce qu'elle faisait là. J'entendais exactement le ton de sa voix : à la fois anxieux, irrité, badin. Mais Ilse s'obstinait à ne pas répondre.

« Alors, qu'as-tu fait? lui ai-je demandé.

– Rien, a répondu Greg avec un haussement d'épaules.

– Rien? » Je me doutais qu'il ne s'était pas mis en colère, car cela ne lui arrivait jamais; mais parfois, quand quelqu'un ou quelque chose le décevait, il considérait la personne ou l'objet d'un air froid et pincé. Je pensais qu'il aurait regardé Ilse de cette façon, puis l'aurait sortie de son trou et aidée à regagner leur chambre.

« Qu'est-ce que je pouvais faire, chérie? J'étais sûr qu'elle avait bu et qu'elle voulait me faire une scène; elle savait pourtant bien que je détestais ce genre de comédies. Je suis monté me préparer pour aller me coucher, et j'étais sur le point de m'endormir quand je l'ai entendue entrer et s'affaler sur l'autre lit. Le lendemain matin, elle ne s'est pas excusée, n'a pas reparlé de cet incident, et j'ai pensé qu'il serait gentil de ne pas y faire allusion. Mais à ce moment-là, j'ai compris que ça ne marcherait pas pour Ilse ici. »

Le premier jour où je me suis retrouvée seule chez Greg, je me suis rendue dans la cuisine pour regarder l'espace séparant le frigo du mur. Il ne me paraissait pas assez large pour pouvoir s'y asseoir. Mais une fois poussés les balais, les serpillières et l'aspirateur, j'ai tenté de m'y mettre et je me suis aperçue qu'il y avait juste assez de place. Je me sentais bizarre, assise là, comme un enfant jouant à cache-cache oublié par les autres. Tout ce que je voyais, c'était un morceau de placard vert avocat et une bande de linoléum décoré de ce motif vert jaunâtre, tourbillonnant à vous donner le mal de mer, qui ne me plaisait pas. Les serpillières et la pelle à poussière m'effleuraient la tête et le cou. Je n'aurais pas aimé m'asseoir là un seul instant, même si j'avais été un enfant. Et je me suis dit que celle qui l'avait fait devait se sentir mal en point.

Je crois que j'ai commis une erreur en voulant tenter cette expérience, car j'avais à présent une petite idée des sentiments éprouvés par Ilse Spiegelman. Mais ensuite, pendant quelque temps, j'ai oublié toute cette histoire, car Greg m'avait demandé de l'épouser. Jusque-là, il n'avait même jamais fait allusion au mariage, et moi non plus. Je n'allais certainement pas me lancer dans des sous-entendus à ce sujet, comme la dernière fille qui avait habité avec lui, ni faire pression sur lui comme celle d'avant.

C'était l'année où les médias s'emballaient à propos d'une étude entendant prouver que les femmes diplômées de plus de trente ans n'avaient pratiquement aucune chance de se marier. Une ou deux fois, des gens m'avaient dit : « Dinah, tu es statisticienne, tu ne te fais pas de soucis? » Eh! Bien sûr que je me faisais du souci, car j'avais presque vingt-neuf ans, mais je m'étais toujours contentée de répondre en souriant que, dans la profession, on savait tous que cette étude comportait de gros défauts techniques.

À Noël, je sentais que notre relation avait de plus en plus de chances d'aboutir; mais j'attendais patiemment. Puis, Greg m'a dit qu'il avait été invité par le centre d'études de la fondation Rockefeller, située au bord du lac de Côme, à aller y passer un mois l'été suivant. Il aurait aimé que je l'accompagne, mais on ne pouvait inviter personne hormis son conjoint. Je n'ai fait aucune suggestion. Quand il m'a décrit le luxe du centre et son panorama, j'ai simplement répondu : « Oh, vraiment? Fantastique! »

Trois jours plus tard, il m'en a reparlé et m'a demandé si j'accepterais de l'épouser avant ce voyage; il savait que j'adorerais visiter l'Italie, et la perspective de me laisser seule ici ne lui plaisait guère. Je n'ai pas crié de joie, et je ne me suis pas précipitée dans ses bras, même si l'envie me démangeait; je me suis contentée de sourire, et j'ai dit que l'idée me semblait assez bonne, pour autant qu'il ne demande pas le divorce à notre retour, car ma pauvre mère ne s'en remettrait pas.

C'est le jour suivant que j'ai vu Ilse pour la première fois. J'avais encore mon appartement dans le centre ville, mais je passais beaucoup de temps chez Greg et y dormais presque toutes les nuits. Je m'étais levée tôt le dimanche pour préparer des saucisses et des gaufres au sirop d'érable parce que deux jours plus tôt, nous avions discuté des petits déjeuners américains traditionnels, et il m'avait dit ne jamais en avoir goûté un bon.

C'était un matin d'hiver humide et sombre, et une pluie à moitié gelée striait les vitres de la cuisine comme de la colle transparente. En entrant dans la pièce, j'ai d'abord aperçu quelque chose ressemblant à des jambes et à des pieds, avec des collants gris et des ballerines noires éculées, dépasser entre le réfrigérateur et le mur. J'ai voulu crier, mais rien n'est sorti à part une sorte de gargouillis. Ensuite, j'ai fait un pas en avant et j'ai vu une femme pâle vêtue d'une robe noire recroquevillée dans le trou.

Je n'ai pas pensé à Ilse. Si jamais j'ai pensé à quelque chose, c'est que nous avions laissé la porte de derrière ouverte et qu'une pauvre sans-abri ou une étudiante schizo était entrée.

« Bon Dieu, qu'est-ce que c'est que ça? » ai-je hurlé en reculant pour allumer la lumière.

Ensuite, j'ai regardé à nouveau, mais il n'y avait personne. Tout ce qu'il y avait, c'était les bottes en caoutchouc noires de Greg qu'il avait mises à sécher en rentrant du cinéma la veille au soir, et sa longue écharpe de laine grise accrochée à côté des chiffons à poussière. Je ne voyais pas comment mon esprit avait pu assembler ces divers objets pour en faire une silhouette de femme, mais l'esprit fait parfois de drôles de choses.

Plus tard, après avoir retrouvé ma respiration, j'ai repensé à l'histoire de Greg et j'ai compris que ce que j'avais vu, ou cru avoir vu, était Ilse Spiegelman. Cet incident m'a troublée, car il signifiait que l'ex-femme de Greg me trottait dans la tête à un point que je n'avais pas soupçonné.

J'ai gardé cette histoire pour moi. Je n'allais sûrement pas en parler à Greg car, de son propre aveu, l'une des choses qu'il aimait le plus en moi, en dehors de mes seins naturellement pointus, était mon esprit logique. « Tu es merveilleuse, Dinah, me disait-il. Sous ces boucles noires indisciplinées, tu es aussi lucide qu'un homme. » Comme beaucoup de types de son âge, il pensait qu'en dépit de toute l'éducation qu'elles pouvaient recevoir, la plupart des femmes ne devenaient jamais des êtres rationnels, et pour lui, leurs têtes bourdonnaient essentiellement d'idées légères et isolées, comme ces petites bulles de polystyrène servant à emballer les appareils hi-fi.

Alors, je n'ai rien dit à personne. J'ai simplement essayé de découvrir à quoi ressemblait Ilse. Si son portrait ne correspondait pas du tout à la chose que j'avais cru voir, cela prouverait que j'avais eu une hallucination. Pas très encourageant, mais déjà mieux qu'un fantôme.

Greg ne possédait aucune photo d'Ilse à ma connaissance; du moins, je n'en ai trouvé nulle part dans la maison. Quand je lui ai demandé de quoi elle avait l'air, il m'a simplement répondu qu'elle était blonde et plus petite que moi. Je lui ai ensuite demandé si elle était jolie. Il m'a regardée en riant, puis a déclaré : « Elle ne t'arrivait pas à la cheville, mon petit chou ».

Après, j'ai fait un sondage parmi ses amis. Mais sans aller trop loin; je ne voulais pas avoir l'air de traverser une crise de jalousie à retardement. Je n'ai pas obtenu de données significatives, et quand j'ai établi la moyenne des résultats, j'ai seulement abouti au profil d'une femme de taille moyenne, d'une quarantaine d'années, avec des cheveux blond filasse. Certains se les rappelaient ondulés, d'autres lisses. Ils s'accordaient tous sur le fait qu'elle n'avait pas grand-chose à dire, et que son accent se comprenait difficilement; mais elle était séduisante, du moins au début. Plus tard, d'après certains, elle semblait un peu se laisser aller et, vers la fin, elle paraissait très souvent malade.

La secrétaire de Greg m'a dit qu'Ilse était mince, quoiqu'un peu large de hanches; mais cette information n'est pas d'un grand secours quand on essaie d'identifier quelqu'un assis par terre derrière un réfrigérateur. Une ou deux personnes m'ont affirmé qu'elle faisait « étrangère », ce qui pouvait signifier n'importe quoi; et d'après un collègue de Greg, elle avait une « petite bouche provocante et boudeuse », mais j'ai dû écarter son jugement car c'était un chaud lapin.

Finalement, j'en ai déduit qu'il pouvait s'agir d'Ilse, mais qu'il s'agissait très probablement de mon imagination. Une déduction assez inquiétante, car je n'avais jamais été du genre imaginatif, et l'idée que je me mettais à avoir des visions, comme les vieilles voisines superstitieuses de ma mère, ne m'enchantait guère.

Le problème, pourtant, c'était que je commençais à me sentir mal à l'aise dans la cuisine de Greg. Je n'aimais plus tellement y aller; et j'allumais toujours le plafonnier avant d'y entrer, même quand il faisait clair. Je me disais qu'avec la lumière, je ne croirais plus voir Ilse Spiegelman, et ça marchait.

Les semaines passaient, et mon sentiment étrange à propos de la cuisine aurait dû disparaître, mais je ne sais pourquoi, il persistait. Alors, un jour, j'ai demandé à Greg d'un ton indifférent ce qu'il dirait de déménager après notre mariage. Nous étions allés à un cocktail organisé dans la nouvelle maison de mon patron, sur le lac. Grosse cheminée en pierre, portes vitrées coulissantes donnant sur une terrasse, et vue vraiment splendide. Je lui ai glissé que j'aimerais bien vivre dans un endroit comme celui-là. C'est la première fois, je crois, que je lui demandais autre chose que de s'arrêter au supermarché pour acheter une bouteille de Chardonnay en rentrant. Jusque-là, il avait toujours plus ou moins anticipé mes désirs.

En fait, Greg ne voyait pas l'intérêt de déménager, et d'un point de vue pratique, il n'y en avait aucun. Sa maison était en bon état et idéalement située : à environ un kilomètre de l'université, si bien que la plupart du temps, il se rendait au travail à pied. D'abord, il m'a répondu que ce serait vraiment pénible pour nous deux de devoir prendre la voiture pour aller en ville, avec le temps qu'il faisait ici de décembre à mars. Ensuite, il m'a rappelé la quantité de travail qu'il avait effectuée dans son jardin et sur son terrain au fil des ans. L'année prochaine, ses asperges donneraient pour la première fois; je ne voulais tout de même pas rater ça, a-t-il ajouté en riant et en m'embrassant.

Alors, j'ai laissé tomber. À cette époque, j'avais presque réussi à me convaincre que je n'avais rien vu.

Puis un jour, au mois de mars, je suis rentrée du bureau avec deux sacs de légumes; je les ai posés sur le plan de travail, je me suis retournée, et, Sainte-Marie-Mère-de-Dieu, elle était encore là, blottie contre le réfrigérateur. Il faisait presque nuit dehors, et encore plus sombre à l'intérieur, mais je savais qu'il s'agissait de la même femme : cheveux semblables à des cordes effilochées, robe informe, collants gris brillants et ballerines noires usées, éraflées au bout, qui dépassaient dans la pièce.

Elle ne paraissait pas me voir. Elle ne regardait pas dans ma direction de toute façon, mais fixait le sol vert maladif, assise, immobile, comme une personne soûle ou étourdie. C'était bien pire que la première fois. Là, j'avais juste été surprise et mal à l'aise – une sensation que tout le monde aurait éprouvée en découvrant une étrangère dans sa cuisine – mais maintenant, j'étais vraiment terrifiée.

Je n'arrivais presque plus à respirer, mais je suis tout de même parvenue à reculer à tâtons pour allumer la lumière, et quand je me suis retournée, elle avait encore disparu. Pourtant, j'étais sûre d'avoir vu quelqu'un, et pratiquement certaine qu'il s'agissait d'Ilse. Pire encore, il me semblait qu'elle se trouvait assise là depuis un long moment. Ou peut-être était-elle toujours assise là, mais restait invisible la plupart du temps ?

Je peux vous dire que je ne me sentais pas dans mon assiette. En effet, soit j'avais vu un fantôme, soit je perdais la raison. Je n'avais pas l'impression d'être folle, et pourtant, chaque fois que je rentrais dans la cuisine, je paniquais. Une seule idée me préoccupait : quitter cette maison.

Le lendemain matin, au petit déjeuner, j'ai à nouveau soulevé la question du déménagement, mais sans succès. Greg a repris tous les arguments auxquels il avait déjà fait allusion, et il a envisagé pour la première fois le problème sous son aspect financier. J'ai découvert qu'il ne possédait pratiquement pas d'économies, et que la maison était loin de lui appartenir. Il avait une hypothèque à huit pour cent, et il n'en retrouverait certainement pas une à un taux pareil. J'ai été un peu surprise en apprenant que Greg n'avait pas plus d'argent de côté, mais en y réfléchissant, ça semblait logique. Il aimait vivre confortablement : voyages à New York et conférences dans le monde entier, nourriture et alcools de luxe, plus une Volvo neuve tous les cinq ans.

Pour lui, l'affaire était close, mais pour moi, pas question de laisser tomber. Je lui ai dit que je gagnais assez d'argent pour l'aider financièrement, et que je possédais quelques économies; je serais plus heureuse dans une nouvelle maison, je le savais. Greg a baissé son journal un instant, il a levé les yeux vers moi, et pour la première fois, pendant une seconde, j'ai vu ce regard perçant et froid qu'il lançait aux personnes et aux choses qu'il n'aimait pas.

Mais un sourire s'est ensuite lentement dessiné sur ses lèvres, il a plié son journal, puis il est venu m'embrasser en disant que je ne devais pas m'inquiéter pour l'argent. Il ne toucherait jamais à mes petites économies; il en avait suffisamment pour nous deux.

Je l'ai embrassé à mon tour, bien sûr, et je me suis sentie réchauffée, aimée à nouveau, mais au même moment, je me suis souvenue d'une réflexion qu'une amie du bureau m'avait faite les premiers temps où je sortais avec Greg : « C'est un type vraiment adorable, jusqu'à ce qu'on le mette en colère. Ensuite, il faut se méfier. »

En quelques jours, j'ai plus ou moins oublié ce regard foudroyant qu'il m'avait lancé; mais j'ai compris que j'étais coincée avec cette histoire de cuisine, et mon moral en a pris un coup. Je ne savais franchement plus quoi faire. Si je disais quoi que ce soit, on me prendrait pour une cinglée, et à juste titre, qui sait? J'aurais peut-être dû me rendre à l'hôpital et me livrer aux médecins. J'ai songé à en parler à ma mère; elle croyait aux fantômes, elle, et parmi ses amies, certaines en avaient vu; mais il s'agissait toujours de fantômes de gens défunts.

Ensuite, j'ai repensé à un truc que j'avais lu dans un livre d'anthropologie à la faculté. Il existait des sorciers à Mexico et en Amérique centrale capables de projeter leur image où ils voulaient. L'auteur ne l'avait jamais vu faire personnellement, mais tous les habitants du coin croyaient à l'existence de tels phénomènes. Après tout, pourquoi pas? Il se passait de drôles de choses dans le monde. Ilse était peut-être une sorte de sorcière tchécoslovaque, et si elle entendait m'empêcher d'épouser Greg, d'emménager dans sa maison et sa cuisine, elle pouvait le faire de cette façon. La distance ne la gênait pas – pour des projections de ce genre, trois mille kilomètres n'étaient pas plus difficiles à parcourir que trois mètres.

Si j'en parlais à ma mère, elle me dirait probablement d'aller voir un prêtre pour lui demander un exorcisme. Mais je savais que si je le faisais, il me reprocherait de ne pas être allée me confesser depuis trois ans et de vivre dans le péché avec Greg. En plus, comment diable pourrais-je demander à Greg de faire exorciser sa cuisine? J'ai songé à faire venir le prêtre en cachette pendant qu'il se trouvait à l'université, mais ce projet comportait finalement trop de risques à mon goût.

Alors, je me suis dit : d'accord, admettons, il s'agissait bien d'Ilse qui cherchait à m'effrayer. Eh bien, je ne la laisserais pas faire! La prochaine fois qu'elle apparaîtrait, je me signerais en lui conseillant de ficher le camp et de me laisser tranquille. Je lui dirais : Écoute, ma petite, tu as eu ta chance avec Greg, maintenant, c'est mon tour.

Après ça, au lieu de prier pour ne pas voir Ilse, je tentais au contraire de la surprendre. Pendant deux semaines, chaque fois que Greg s'absentait, je prenais mon courage à deux mains, récitais un Ave Maria et entrais dans la cuisine. Je n'ai jamais rien vu. Puis, un soir, après avoir rincé nos tasses à café dans l'évier et m'être retournée pour éteindre la lumière en sortant, je l'ai encore aperçue, assise dans l'ombre à côté du réfrigérateur. Je ne l'attendais pas, et j'ai hurlé :

« Nom de Dieu ! »

Greg était déjà monté se coucher et, en m'entendant, il a crié : « Que se passe-t-il, chérie ? »

Affolée et troublée, je lui ai répondu :

« Rien, je me suis juste coupé la main avec le couteau à pain. » Ensuite, j'ai allumé la lumière, et bien sûr, il n'y avait personne.

Je me suis dit : Bon sang, voilà ce qu'elle voulait. Elle ne va jamais apparaître quand je m'y attends ; elle cherche à me surprendre et à me faire mal. Et à présent, c'était chose faite, puisque j'avais évidemment dû m'entailler la main avec le couteau à pain pour pouvoir montrer ma blessure à Greg.

J'étais au bord du désespoir. Je ne tenais pas à voir Ilse quand je ne l'attendais pas ; mais je ne pouvais pas penser à elle tout le temps. En plus, je souffrais d'une phobie caractérisée à l'égard de sa cuisine. Alors, je suis sortie tout droit dire à Greg que certaines choses ne me plaisaient pas dans sa maison.

Il s'est montré très gentil et très compréhensif. Il m'a prise dans ses bras et a appliqué un baiser sur l'un de ses endroits favoris – ma nuque, juste au-dessus de mon épaule gauche, là où j'ai un cercle de taches de rousseur. Il m'a ensuite demandé de lui dire ce qui me contrariait, car il pourrait peut-être arranger ça. « Je veux que tu sois pleinement heureuse ici, Dinah, mon amour. »

Il y avait trois choses. D'abord, je voulais qu'on fasse

retapisser la salle de bain du rez-de-chaussée, car je n'avais jamais tellement aimé les poissons rouges, ils avaient l'air si bête; je souhaitais aussi qu'on fasse construire une terrasse à côté de la salle à manger, pour qu'on puisse prendre nos repas dehors en été. « Si c'est ce que tu veux, pourquoi pas? » m'a dit Greg en me caressant tendrement.

Pour finir, je voulais qu'on installe un nouveau placard dans la cuisine, entre le réfrigérateur et le mur. C'est la seule chose à laquelle je tenais vraiment, car je pensais qu'en supprimant l'espace entre les deux, Ilse ne pourrait plus s'y asseoir; et c'est la seule chose à laquelle Greg s'est opposé. Si nous posions un placard ici, où allait-on ranger mon matériel de nettoyage? Je lui ai répondu que je le mettrais dans le hall de derrière. Non, ça ne me semblait pas gênant; de toute façon, j'avais toujours trouvé que les cuisines faisaient désordonnées quand de vieux balais et de vieilles serpillières pendaient aux murs. La pensée qu'il pourrait suggérer de faire installer un placard à balais me terrifiait, car ç'aurait été encore pire, mais par bonheur, cette idée ne l'a pas effleuré.

« Tu veux une cuisine à l'image de tes graphiques : toute carrée. Très bien, chérie. » Et il a ri. Il aimait me taquiner parfois, à propos de ma passion pour l'ordre.

Greg a promis de faire faire les aménagements avant le mariage, et il a tenu ses promesses. Le jour où on nous a installé le nouveau placard, je me suis précipitée dans la cuisine sitôt rentrée à la maison. Comme je l'avais prévu, il occupait entièrement l'espace où s'asseyait Ilse. Il y avait un tiroir sous le plan de travail, et une étagère en dessous; personne ne pouvait entrer là-dedans. Je me suis penchée pour m'en assurer, puis j'y ai rangé quelques boîtes de conserves et des sacs de gobelets et d'assiettes en carton.

À ce moment-là, j'ai pensé : « J'ai réussi ! », et je me suis sentie vraiment heureuse. Greg était généreux, brillant, beau ; j'étais intelligente ; nous allions partir à Montréal en voyage de noces, puis en Europe. J'achèterais une superbe robe de mariée en lourde soie écrue, avec un décolleté carré sexy et des mètres de dentelle.

Enfin, ça devait être deux semaines avant le mariage. J'étais tellement aux anges que j'en arrivais même à éprouver un peu de compassion pour Ilse. Elle avait sans doute regagné le petit deux-pièces sordide où logeait sa famille. Je savais ce que c'était, à cause des années passées avec ma mère et mes sœurs dans la caravane, où l'air froid et aigre s'infiltrait sous les encadrements des fenêtres, où le robinet de la cuisine crachait de la rouille, tandis que les voisins faisaient hurler la radio ou bien se criaient après toute la nuit. Pas étonnant qu'elle ait été jalouse.

Le trimestre touchait à sa fin, et le département d'étude de Gregor donnait une réception. Greg m'avait appelée de son bureau ce vendredi après-midi pour me dire qu'ils manquaient d'assiettes en carton et me demander si je pouvais passer leur en apporter après le travail. Donc, en rentrant à la maison, je suis allée à la cuisine et j'ai ouvert le nouveau placard.

Heureusement que j'étais seule, car j'ai laissé échapper un véritable cri d'horreur. Ilse Spiegelman se tenait là, comme avant, sauf qu'à présent elle avait la taille d'un affreux petit nain d'à peu près quatre-vingts centimètres de haut. Je n'ai même pas essayé d'allumer la lumière, j'ai juste hurlé et je me suis précipitée dans le couloir.

Il m'a fallu presque trente-cinq minutes pour recouvrer mon calme, retourner dans la cuisine – où, bien sûr, Ilse ne se trouvait plus, ou alors, où je ne la voyais plus – et plonger la main dans le placard, peut-être même à travers elle, pour prendre ces assiettes en carton que Greg attendait.

Après ce dernier incident, j'ai su que j'avais perdu. Si Ilse était capable de se rapetisser à sa convenance, elle pouvait prendre n'importe quelle taille et apparaître n'importe où. La prochaine fois, elle se mettrait peut-être dans la boîte de farine, dans le placard à provisions; peut-être aussi qu'un jour, en ouvrant le sucrier, je la trouverais dedans, toute ratatinée.

J'étais vraiment déprimée, désespérée. Mais ensuite, je me suis dit qu'Ilse ne verrait peut-être aucun inconvénient à ce que je continue à vivre avec Greg sans l'épouser. Après tout, elle n'était pas apparue avant nos fiançailles.

Ce soir-là, j'ai annoncé à Greg que je ne me sentais pas prête. Que j'étais terrifiée par les responsabilités du mariage. Au début, il s'est montré adorable. Il m'a prise dans ses bras, m'a embrassée en déclarant que c'était tout à fait normal : le mariage faisait peur. Et bien sûr, j'appréhendais certainement de devenir la femme d'un président d'unité d'étude et de recherche.

« Ouais, c'est ça », ai-je répondu, bien que l'idée ne m'ait pas traversé l'esprit.

Il comprenait. Mais même si je pensais ne pas être à la hauteur, il ferait de son mieux pour m'aider; et si jamais quelqu'un essayait de me donner l'impression d'être incompétente ou indigne de lui, il lui ferait passer un sale quart d'heure.

Comme je refusais toujours de me marier, Greg m'a demandé pourquoi j'avais changé d'avis. Je n'osais toujours pas lui parler d'Ilse; je ne voulais pas qu'il me croie complètement toquée. Alors, je lui ai sorti le genre de trucs qu'on lisait partout à cette époque, à savoir que le mariage était un contrat patriarcal démodé, et l'idée de posséder un autre être humain, fasciste. Je n'ai pas dû très bien présenter les choses, car je ne pensais pas un mot de ce que je racontais. Quoi qu'il en soit, Greg n'a pas marché.

« Tu me surprends, Dinah, m'a-t-il dit en levant le sourcil gauche. Je ne t'ai jamais entendue parler comme cela avant. Qui a bien pu te faire subir un tel lavage de cerveau ? »

Je lui ai juré que personne ne m'avait influencée. Débitant ineptie sur ineptie, je lui ai dit que je l'aimais vraiment, mais que j'avais peur, et je lui ai demandé pourquoi nous ne pouvions pas continuer à vivre comme avant. Après tout, il avait habité avec d'autres femmes sans pour autant projeter de les épouser. Là, j'ai commis une erreur. Le visage de Greg a changé d'expression, et il m'a jeté une nouvelle fois ce regard méchant. Puis il a retiré son bras et m'a repoussée.

« Qu'est-ce que c'est ? » m'a-t-il demandé en riant d'un rire hostile. « La revanche des traînées ?

– Hein ? » J'étais complètement désorientée ; mais j'ai fini par comprendre de quoi il parlait. Il y avait peut-être quatre ou cinq femmes en ville qui avaient voulu épouser Greg, et certaines d'entre elles étaient encore très blessées et très remontées contre lui, selon les rumeurs. Il me demandait si je le faisais pour elles.

« Mais non ! Je ne dois rien à ces femmes. Elles ne sont même pas mes amies. » Il a paru convaincu, et s'est vaguement calmé. Mais j'ai répété que je refusais de l'épouser. Greg a tenté de me rassurer encore un peu, mais je voyais qu'il commençait à perdre patience. Il m'a demandé si j'avais conscience qu'en rompant nos fiançailles, je l'embarrasserais devant tout le monde et en ferais la risée du quartier. Lui qui avait déjà dû affronter les plaisanteries de ses amis simplement parce qu'il avait juré si souvent de ne plus jamais se marier ! Et il connaissait une poignée de gens, sur le campus, qui ne l'appréciaient pas beaucoup, des gens qui enviaient son succès et auraient aimé le voir gâcher sa vie.

Je m'en voulais, et je lui ai dit qu'il pouvait rejeter toute la faute sur moi : il n'avait qu'à annoncer à tout le monde que je me comportais comme une sotte, une névrosée. Mais Greg m'a expliqué que cela n'arrangerait rien, car on lui reprocherait alors d'entretenir une relation avec quelqu'un comme moi.

Il s'est ensuite renversé dans son siège, m'a regardée d'un air dur et accusateur comme si j'avais été une étudiante ayant plagié une étude ou un article qu'il désapprouvait, puis il a dit lentement : « Il y a quelque chose d'autre là-dessous, Dinah. Et je crois savoir de quoi il s'agit. »

En fait, Greg pensait que je voyais quelqu'un d'autre, probablement un type plus de mon âge, et que j'avais simplement peur de l'avouer. J'ai juré qu'il n'y avait personne d'autre. Je répétais sans arrêt que je l'aimais, qu'il était le seul homme que j'aimais, mais il ne semblait plus m'entendre. Il a approché son visage si près du mien qu'il a complètement rempli mon champ visuel et m'a paru tout déformé, comme ces images qu'on voit dans les bandes-annonces de films d'horreur pendant une fraction de seconde : pas assez longtemps pour être sûr de ce que c'est, mais assez pour avoir la certitude qu'il s'agit d'une chose terrible.

« Très bien, qui c'est, espèce de salope ? Qui ? » s'est-il écrié ; comme je répétais sans cesse « Personne », il m'a attrapée et m'a secouée comme si j'avais été une bouteille de ketchup dont il espérait faire sortir un nom masculin – mais il n'y en avait aucun.

Quand Greg m'a lâchée et que je suis parvenue à arrêter de trembler et de pleurer, je lui ai avoué la vérité, mais il ne m'a pas crue. Au lieu de ça, il a recommencé à débiter les explications qu'il avait imaginées. Petit à petit, les choses ont pris une tournure vraiment étrange et inquiétante. Greg jurait de sa voix dure et tendue, disait que si je pensais sincèrement avoir vu Ilse dans le placard de la cuisine, c'est que je ne tournais pas rond; et moi, je pleurais. Je lui ai répondu que si je ne tournais pas rond, je ferais mieux de ne pas l'épouser, pour ne pas gâcher sa vie – ce qui selon lui était déjà fait.

Le week-end a continué ainsi. Nous n'avons presque pas dormi, et à la fin, j'avais tellement le cafard, je me sentais si troublée, si épuisée, que je me suis mise à approuver tout ce que disait Greg. J'avais probablement été influencée par des féministes, j'éprouvais parfois de l'attirance pour des hommes plus jeunes; j'étais aussi fondamentalement irrationnelle, hypocrite, lâche, névrosée, et sa supériorité m'inspirait une jalousie inconsciente car j'étais une moins que rien. Chose étrange, je ne me contentais plus de l'approuver; dans mon état, je commençais même à croire ce qu'il disait.

Le lundi matin, nous tentions de prendre le petit déjeuner dans la cuisine. J'avais vraiment mauvaise mine; je n'avais ni pris de bain ni touché à mes cheveux depuis deux jours, et par-dessus ma chemise de nuit, je portais un vieux peignoir en éponge rouge taché de café. J'en étais arrivée au point où je me fichais de savoir si j'étais folle ou pas. Même si Ilse Spiegelman avait décidé de me hanter pour le restant de mes jours, la situation ne pouvait pas empirer.

Alors, quand Greg est descendu, je lui ai dit que je voulais tout oublier, et accepter de l'épouser. J'ai posé deux toasts aux raisins de Corinthe dans son assiette, et il les a regardés. Puis il a levé les yeux vers moi, et j'ai vu qu'il ne comptait plus se marier avec moi, ni même vivre avec moi.

Et j'avais raison. Un peu plus tard dans la matinée, Greg m'a appelée au bureau pour me dire qu'à son avis, il serait préférable de ne jamais nous revoir ou nous reparler. Il mettait donc toutes mes « saletés » dans le hall de derrière, et me demandait de passer les chercher avant six heures, merci.

Après le travail, je suis allée là-bas. Je devinais à quel point Greg était encore furieux à la manière dont il avait jeté mes affaires par la porte de la cuisine. Ma chemise de nuit couleur lavande semblait avoir été étranglée, et il y avait des miettes de toasts aux raisins partout; un flacon d'après-shampooing qu'il n'avait même pas pris la peine de reboucher avait tout inondé. Un vrai gâchis. Pendant tout le temps où je nettoyai ce chantier, je n'ai cessé de pleurer, car je pensais encore être amoureuse de Greg, et je me disais que tout était ma faute. Ensuite, je n'ai pas pu m'empêcher de regarder une dernière fois à travers la vitre de la cuisine pour voir si Ilse se trouvait à l'intérieur. Peut-être qu'elle sourirait maintenant, ou même qu'elle rirait. La porte du placard bâillait, mais il était vide.

J'ai entassé toutes mes affaires dans ma voiture, puis je suis rentrée chez moi; heureusement, le bail ne se terminait pas avant un mois. Mais mon appartement se trouvait dans un état lamentable. Je n'y vivais presque plus depuis des semaines : il y avait de la poussière partout, et de la suie noircissait les fenêtres. Je suis parvenue à décharger la voiture et à tout monter, puis j'ai balancé mon tas de vêtements poisseux d'après-shampooing et parsemé de miettes dans la baignoire, près de laquelle je me suis agenouillée pour mettre l'eau à couler.

Ensuite, je me suis vraiment effondrée. Je me sentais tellement vaincue, folle, malheureuse, que je me suis laissée glisser sur le lino jaune sale pour me blottir entre la baignoire et les toilettes. J'avais envie de me suicider, mais pas la force de bouger. Je me disais que dans un petit moment, j'allais peut-être ramper jusqu'au four et me mettre la tête dedans.

Et puis tout à coup, j'ai pris conscience d'être assise par terre dans un endroit exigu, exactement comme Ilse. Elle avait fini par me réduire à une condition aussi pitoyable que la sienne.

Mais peut-être n'était-elle pas la seule en cause. Et pour la première fois, je me suis demandé si Greg lui avait déjà dit le même genre de choses qu'à moi durant ce week-end, jusqu'à ce qu'elle s'accuse de tous les torts et se sente vidée, battue à plate couture. Je me suis souvenue de la façon dont son visage s'était transformé en image de film d'horreur, et soudain, je me suis dit que j'avais de la chance d'avoir quitté sa maison. Même s'il changeait d'avis et me demandait de retourner vivre avec lui, même s'il se montrait aussi charmant et affectueux qu'avant, je ne pourrais jamais oublier ce week-end, ni cesser de me demander si un tel incident risquait de se reproduire, et je me sentirais obligée de marcher sur la pointe des pieds toute ma vie.

Et si je m'étais trompée en pensant qu'Ilse avait tenté de m'empêcher d'épouser Greg? Et si elle avait au contraire essayé de me mettre en garde?

Je ne suis toujours pas certaine que ce soit la bonne

explication. Maintenant que tout a changé en Tchécoslovaquie, j'aimerais vraiment aller là-bas pour la retrouver et le lui demander. Mais je ne vois pas comment je le pourrais, entre mon mari et le bébé.

Gregor ne s'est jamais remarié, bien qu'il soit sorti avec de nombreuses femmes depuis notre séparation. Parfois, je me demande si certaines ont vu Ilse. Mais peut-être n'a-t-elle pas eu besoin d'apparaître, parce qu'aucune de ses aventures n'a semblé durer très longtemps.

Les gens de la piscine

Son mari lui avait déconseillé d'aller passer trois semaines avec sa mère, mais Clary Graber décida tout de même de se rendre à Key West au mois d'avril. Elle tenait à emmener Kate, sa fille de quatre ans, loin du ciel gris et brumeux de Boston; depuis Noël, Kate traînait un rhume de cerveau chronique et une petite toux inquiétante. C'était terrible de la voir déambuler ainsi dans l'appartement, reniflant jour après jour, pâle, sans énergie et pleurnicharde – ce qui ne lui ressemblait pas du tout. Tandis que dehors, au soleil...

« Bien sûr, ça lui fera peut-être du bien, dit Ron. Mais tu vas t'énerver et t'ennuyer à mourir là-bas, chérie.

– Je ne vois pas pourquoi; nous nous sommes tous bien amusés, l'année dernière », répondit Clary qui se félicitait parfois d'entretenir de bonnes relations avec sa belle-mère, contrairement à la plupart de ses amies mariées.

« Ouais, rétorqua Ron en grimaçant. Pendant quatre jours.

– Et je trouve que c'est vraiment gentil à June de nous avoir invitées. » Clary omit de dire qu'elle avait elle-même suggéré de lui rendre visite. « En plus, tu seras à Bruxelles pendant presque tout le mois.

– D'accord. Si c'est ce que tu veux. »

Même après une semaine passée à Key West, semaine durant laquelle elle avait souvent dû reconnaître que Ron n'avait pas eu tout à fait tort, Clary savait qu'elle avait bien fait de venir. Le rhume de Kate s'était arrêté presque du jour au lendemain et, peu de temps après, sa toux avait également disparu; elle débordait de joie et d'énergie. Clary trouvait merveilleux de la regarder patauger dans la piscine de June, côté petit bain, avec son maillot à volants et son gilet de sauvetage orange, s'amusant à faire flotter des feuilles ou un bateau en plastique jaune plein de tortues Ninja elles aussi en plastique.

C'était la première fois que Clary et Kate s'y baignaient vraiment. Ron insistait toujours pour aller à la plage; il n'aimait pas la piscine de sa mère. Longue et trapézoïdale, elle avait une forme inhabituelle, et Ron disait qu'il se cognait sans cesse dans les murs en nageant. Il détestait le bruit de la machinerie et la façon dont l'eau se bombait, bouillonnait et frémissait sous la surface du côté profond, comme si elle allait entrer en ébullition. Ce mouvement lui donnait mal au cœur, exactement comme la cuisine de June, disait-il.

Clary n'avait absolument rien contre la piscine de sa belle-mère. Grâce à sa profondeur et à l'ombre dense qui la protégeait pendant la plus grande partie de la journée, l'eau ne croupissait pas sous l'effet de la chaleur, même en fin de saison. Elle demeurait fraîche, limpide, et des reflets blancs changeants jouaient sur le fond couleur aigue-marine comme un treillis métallique délicat. Son débit permanent produisait un mouvement soyeux, sensuel, caressant; et le filtre un bourdonnement paisible, presque soporifique. Comme d'habitude, pensait Clary, ce que voulait vraiment Ron, c'était fuir sa mère.

Depuis qu'elle la connaissait, Clary éprouvait de la compassion pour June Graber. Certains auraient pu trouver cela ridicule, car June jouissait d'une bonne santé et d'une beauté remarquable pour ses cinquante-huit ans; de plus, elle possédait énormément d'argent car elle avait épousé trois hommes richissimes. Mais comment ne pas plaindre une femme dont le fils se moquait en cachette, et qui ne semblait pas avoir de véritables amis?

C'était vrai : June fréquentait beaucoup de gens à Key West, mais elle ne paraissait pas très bien les connaître. D'après des articles que Clary avait lus, la ville était censée regorger de personnes intéressantes, mais apparemment, June n'en avait pas rencontré une seule. Ses relations se bornaient à de riches retraités, montrant un intérêt uniforme et modéré pour les voyages, l'immobilier, la décoration d'intérieur, les jardins tropicaux et leurs propres maladies. Par ailleurs, ces gens n'appréciaient pas les enfants; ils avaient tendance à s'inquiéter dès qu'ils apercevaient Kate. Visiblement, ils avaient peur qu'elle n'abîme leurs paravents en papier de riz, leurs bibelots en cristal soufflé artisanalement, ou qu'elle ne se fasse elle-même blesser par leurs animaux gâtés et hargneux. Bien sûr, il aurait été plus raisonnable de la faire garder, mais en pleine saison, à Key West, les baby-sitters appartenaient à une espèce en voie de disparition; toutes les adolescentes du coin travaillaient dans les magasins ou les restaurants.

Après quelques confrontations désastreuses, Clary se dit qu'il serait plus simple, pour ne pas dire moins ennuyeux, d'emmener Kate ailleurs chaque fois que les amis de June venaient lui rendre visite, et de rester à la maison quand June était invitée à l'extérieur. Kate se moquait de rester seule; elle entretenait de longues conversations avec ses tortues en plastique, et avec deux amis imaginaires, prénommés Davy et Grand Bill, vivant dans la piscine.

Clary reconnut ces noms : c'était ceux des ouvriers qui avaient rénové la maison de Key West l'année précédente. Kate s'était liée d'amitié avec eux; elle les suivait partout en leur offrant des biscuits pour animaux, sa nourriture favorite. Petit, le teint mat, beau garçon, Davy arborait parfois un tee-shirt portant le slogan « LES HOMOS SONT BEAUX », et il racontait à Kate de longues histoires sur son chien. Grand Bill, un grand jeune homme musclé aux gestes lents, qui avait lui-même trois enfants, lui avait confectionné un jeu de cubes à partir de chutes de bois soigneusement taillées et poncées.

Mais le Davy et le Grand Bill de Kate ne ressemblaient pas exactement à ceux qu'elle avait connus; ils étaient bleus, et on voyait à travers. Certains jours, ils se trouvaient dans la piscine, expliqua-t-elle à sa mère, et d'autres non.

Clary, elle, n'avait pas d'amis à Key West, ni imaginaire, ni autrement. Les seuls adultes auxquels elle avait parlé depuis plusieurs jours maintenant, à part sa belle-mère, étaient Rusty et Joy, deux beaux garçons du coin très bronzés et assez bien bâtis, chargés de venir nettoyer et entretenir la piscine deux fois par semaine.

Elle s'était résignée à s'ennuyer. Déception plus

grave : sa belle-mère ne s'intéressait pas à Kate. June avait toujours été, ou prétendu être, en admiration devant sa petite-fille, et Clary avait pensé qu'elle aimerait passer de grands moments avec elle. Elle s'imaginait que pendant ce temps-là, elle irait explorer les magasins et les galeries d'art, ou ferait de la plongée près du récif, dans un univers frais, vert pâle, ponctué de coraux aux teintes vives et de poissons aux couleurs éclatantes. Au lieu de cela, elle ne pouvait réellement pas avoir la paix un seul instant.

« Ça fait si longtemps que je n'ai pas eu à m'occuper d'un enfant en bas âge », expliqua June la première fois que Clary lui avait suggéré d'emmener Kate faire un tour. « Je me sentirais beaucoup plus à mon aise si vous veniez aussi. »

Clary n'avait pas non plus soupçonné à quel point sa belle-mère était bavarde; elle la croyait seulement dynamique et volubile. Mais les fois précédentes, il y avait toujours eu d'autres auditeurs; à présent, Clary se retrouvait seule. Dès que June entrait dans la pièce, elle se lançait dans un monologue, même si Clary lisait une histoire à Kate ou regardait les informations. Elle suivait sa belle-fille dans toute la maison, l'accompagnait au bord de la piscine sans jamais cesser de parler, et si Clary se rendait quelque part, June se proposait toujours de l'accompagner.

Le seul moment où elle se taisait, c'était pendant sa baignade quotidienne et immédiatement après. Elle faisait des brasses pendant vingt minutes tous les matins, vêtue d'un maillot de couturier argenté ou aigue-marine, ses cheveux aux mèches soigneusement dorées remontés sous un bonnet de bain blanc, ses épaules cuivrées scintillant au soleil. Lorsqu'elle sortait s'étendre encore ruisselante sur une chaise longue, elle semblait pendant quelques instants être une personne différente, empreinte d'une expression paisible et sereine inhabituelle.

« Oh, c'était merveilleux, lui arrivait-il de murmurer, j'aimerais pouvoir rester dans l'eau pour toujours. » Puis, pendant près d'un quart d'heure, elle demeurait silencieuse, les yeux clos.

Parfois, June parlait de films ou de programmes télévisés, mais ses sujets habituels concernaient les produits et les services. Chaque matin, elle parcourait l'île au volant de sa Buick Le Sabre de location, l'air conditionné poussé au maximum, en quête des soldes de fin de saison. Elle rentrait à l'heure du déjeuner, rapportant des nouvelles de ses patrouilles de reconnaissance, de ses attaques, de ses escarmouches, de ses défaites ou de ses victoires, dans la bataille qu'elle livrait pour acquérir les aliments, les boissons, les vêtements, les articles ménagers et les services les plus prisés. (« Incroyable ! Il n'existe pas de coussins en plumes d'oie, d'essoreuses à salade, d'aiguiseurs à ciseaux dans toute cette île... J'ai d'abord essayé chez Sears, et cette imbécile de vendeuse m'a dit ne jamais avoir entendu parler d'objets semblables. Ensuite, je suis allée chez Strunk, je suis certaine d'en avoir vu là-bas, l'année dernière, mais le type a affirmé le contraire... Il s'est montré incroyablement impoli, et je le lui ai fait remarquer d'ailleurs, je lui ai dit... »)

Son récit le plus complet avait trait à la rénovation de sa maison. Les principaux thèmes concernaient les délais, les déceptions et le gaspillage de matériaux coûteux survenus durant les travaux. Tous ces ennuis, déclarait June en employant son expression favorite, « confondaient l'imagination ». (« Tu sais, quand j'étais gosse, je me demandais comment on pouvait confondre une imagination, lui avait un jour dit Ron. Je me figurais qu'on employait un genre de truc mécanique, dans le style d'un interrupteur. » Clary n'avait pas ri; elle aussi avait connu quelques difficultés avec des ouvriers.)

À présent, elle entendait une nouvelle fois cette saga, agrémentée de quelques ajouts et améliorations. Les problèmes avaient commencé dès le début, d'après June. Les travaux avaient été retardés de plusieurs mois, en raison des objections soulevées par le centre de conservation des sites de Key West et de ses règlementations ridicules sur tout et n'importe quoi, depuis les teintes de peinture autorisées jusqu'aux huit mètres qu'on était censé laisser de chaque côté de sa propriété – et pourtant, la moitié des maisons de la ville étaient collées contre la bordure de leur terrain. Mais quand on était du coin, d'après ce qu'elle avait pu constater, tout ce qu'on désirait construire convenait parfaitement. À un moment donné, furieuse, elle avait menacé de poursuivre le centre de conservation des sites en justice, et elle aurait peut-être dû le faire, car à peine son avocat avait-il réussi à l'en dissuader que ces vieux croûtons du conseil avaient soulevé d'autres objections, obligeant son architecte à redessiner les plans pour une somme exorbitante (chiffres à l'appui).

Au cours de l'été, June avait dû venir à plusieurs reprises pour surveiller les travaux.

« Il faisait une chaleur insupportable, complètement épuisante, mais je pense sincèrement que si je n'avais pas été là, ils n'auraient pas bougé le petit doigt », annonça-t-elle. C'était juste après le déjeuner, et, assise à la table du patio, June fumait cigarette sur cigarette, tandis que Clary tentait de lire le *Times* et que Kate, fredonnant à voix basse, coloriait une serviette en papier. Au-dessus de leurs têtes, de hauts nuages en lambeaux dérivaient dans un ciel pâle inondé de lumière; des feuilles froufroutantes tombaient une à une des banians et des sapotilliers; les doigts nus et pointus du frangipanier dépliaient secrètement des ramilles d'étoiles crémeuses.

« Vous ne pouvez vous imaginer à quel point ils travaillaient lentement, poursuivit June en brisant le silence.

– Mm », répondit Clary. En fait, elle se l'imaginait très bien. Key West était un endroit décontracté, où l'on vivait au ralenti : la vitesse autorisée, même sur l'autoroute menant à l'aéroport, ne dépassait pas cinquante kilomètres heure. Mais June Graber avait l'habitude de vivre sur la file de gauche. Et elle ne levait pas le pied quand elle venait à Key West; après près de soixante ans passés à Manhattan, peut-être ne savait-elle pas freiner.

« Bien sûr, l'entrepreneur n'était jamais là quand je voulais le voir », dit-elle à Clary en écrasant sa Kent et en en allumant une autre, « et ses deux ouvriers étaient impossibles. La moitié du temps, ils faisaient juste semblant de travailler. Je regardais par la fenêtre pour voir Grand Bill transporter un morceau de tuyau d'un côté de la maison, et cinq minutes plus tard, je le voyais revenir avec le même tuyau. Et si je demandais à ce bel abruti ce qu'il fabriquait, il ne me répondait même pas. En fait, il avait des problèmes d'audition, mais même quand je m'approchais de lui en hurlant, il se contentait de hocher bêtement la tête et de répéter : " Oui, m'dame. Vous avez raison, m'dame. " Et par-dessus le marché, c'était un de ces chrétiens fanatiques. À un moment donné, il essayait tout bonnement de me convertir. » June eut un rire aigu. « Il n'arrêtait pas de laisser traîner ces tracts évangéliques doucereux dans la maison, et, une fois, il m'a dit que si je laissais le Christ entrer dans mon cœur, je trouverais la paix, vous voyez le culot!

– Mm, répondit à nouveau Clary. Je prie Dieu pour que vous la trouviez définitivement, pensa-t-elle, puis, honteuse, elle ajouta : « Affreusement contrariant.

– Affreusement. Je me suis très vite aperçue que je ne devais pas les lâcher d'une semelle, sinon, quelque chose se mettait à aller de travers. Par exemple, un jour, j'étais en train de manger un sandwich aux choux de Bruxelles ici, sur la terrasse; j'ai levé les yeux, et j'ai remarqué que Davy – vous vous souvenez, ce petit homosexuel opiniâtre – étalait beaucoup plus de peinture sur mes aralias que sur ma barrière. » June désigna les arbustes frémissants haut perchés clôturant son jardin de derrière.

« L'entrepreneur m'avait demandé de ne pas parler aux ouvriers et de m'adresser à lui en cas de problème. Mais en fait, il n'était pratiquement jamais là, et si je voyais quelqu'un faire une bêtise juste sous mon nez, je n'allais pas me gêner pour le lui dire. Je n'avais pas l'intention de payer pour du travail mal fait, ni pour le gaspillage de matériaux onéreux. Voilà exactement ce que j'ai dit.

– Oui, je m'en souviens, vous me l'avez déjà raconté », lui rappela Clary, espérant ainsi amener June à la fin de cet épisode familier.

« Alors, quand je me suis aperçue que Davy éclaboussait de la peinture partout, naturellement, j'ai protesté. J'ai dit que je n'avais jamais vu une telle négligence. Je le regardais faire depuis une vingtaine de minutes, et il ne valait pas ses seize dollars de l'heure. Eh bien, je ne sais pas si je vous ai raconté...

– Vous m'avez raconté, murmura Clary.

– ... il est devenu incroyablement désagréable. Au début, il ne m'a même pas répondu; il a balancé son pinceau humide sur les dalles – on voit toujours la marque, si on déplace ce cactus – puis il s'est relevé et il est parti. Alors, évidemment, je l'ai suivi. Je lui ai demandé d'un ton très calme et très aimable : " Où pensez-vous aller comme ça? Je vous paie pour faire vos heures, et j'aimerais bien que vous m'écoutiez quand je vous parle. " Après, Davy s'est retourné et m'a littéralement crié : " Oh, allez au diable, madame! " » June regarda Clary en espérant une réaction.

« Très impoli, dit-elle avec l'impression de répéter les répliques d'une pièce de théâtre.

– Oui. C'est exactement ce qu'il m'a dit, ou plutôt crié, et ensuite, il a enfourché sa moto et il est parti. Vous vous rendez compte?

– Mm », répéta Clary. Si seulement June pouvait cesser de parler une minute, pensa-t-elle. Et dire que nous allons rester ici pendant encore presque deux semaines.

« Évidemment, j'étais furieuse. J'ai demandé à mon entrepreneur de renvoyer Davy, mais il m'a persuadée de lui donner une autre chance. Quelle erreur! Mais j'ai bon cœur, j'imagine. » June posa une main manucurée sur la soie bleu-vert délavée de son maillot à l'endroit en question.

« Bien sûr, quand Davy est revenu, il a drôlement fait la tête pendant un moment, mais j'ai essayé de passer outre. Et plus tard, j'ai découvert qu'il avait eu le toupet de dire aux gens que c'était lui qui avait décidé de me donner une autre chance, parce qu'à l'évidence je me trouvais sous l'influence des forces négatives d'une personnalité antérieure. Absolument. C'est ce qu'il a dit. C'était un des ces adeptes du New Age, il portait toujours une chaîne avec un cristal autour du cou. » June fit la même moue que la veille, au restaurant, devant un plateau de crabes douteux. « J'ai l'intime conviction qu'ils se droguaient tous les trois.

– Mm. » Clary se redressa et tourna les pages du *Times*, mais June ne saisit pas la signification de ce geste.

« Juste avant de m'envoler pour New York, en juillet, poursuivit-elle, je suis revenue ici à l'improviste, à l'heure du déjeuner, et qu'est-ce que j'ai vu?

– Oui, je sais, vous avez vu...

– Laissez-moi vous raconter, coupa June. J'ai vu Grand Bill assis au bord de ma piscine, en train de tremper ses jambes d'athlète dans l'eau en mangeant un sandwich aux condiments. Davy aussi se trouvait là, allongé à côté de lui, une cigarette aux lèvres, ses longs cheveux gras tout humides, ce qui prouvait bien qu'il s'était baigné. J'ai fait un gros effort : je me suis contrôlée et je n'ai rien dit avant de voir Mac; ensuite, je lui ai demandé de veiller à ce que les ouvriers ne mangent pas sur leur lieu de travail et n'utilisent pas ma piscine. C'est tout. Très poliment. Je n'ai pas tenté de le contredire quand il a prétendu qu'ils n'étaient pas allés nager, et je me suis abstenue de souligner que je ne voulais pas trouver des morceaux de pain et de tomate ni des cendres de cigarettes et des longs cheveux gras dans l'eau où je me baignais tous les jours. Je pense avoir agi de façon très raisonnable », termina June avec une note interrogative dans la voix.

« Mm, certainement », approuva Clary en regardant l'eau de la piscine se balancer dans l'ombre mouchetée de soleil, comme un trapèze de Perrier bleu pâle, pur et frais.

« Mais voilà le genre de service qu'on peut espérer ici, soupira June. La femme de ménage qu'on avait l'hiver dernier... »

June changea un bref instant de sujet, mais elle reprit bientôt la saga de sa maison. Après son retour à New York, tout s'était mis à aller de travers. Elle le voyait d'après les photos – heureusement, elle avait exigé qu'on lui envoie des clichés avec le rapport hebdomadaire sur l'avancement des travaux. Les fenêtres de la chambre avaient quatre carreaux au lieu de neuf, la cloison séparant les étagères du placard était complètement décentrée; ils avaient utilisé cet horrible joint gris entre les dalles rose saumon de la salle de bain, et suspendu le miroir horizontalement au lieu de verticalement. Bien sûr, elle avait insisté pour que tout soit refait.

« Et là, vous n'allez pas le croire, Mac s'attendait à ce que je paie leurs erreurs. Ça n'avait tout bonnement aucun sens. Parfois, je me dis qu'il laissait délibérément les choses aller de travers, ou alors, qu'il agissait inconsciemment. J'ai une amie psychiatre; elle pense que Mac était du genre passif-agressif, et qu'il manifestait son hostilité à l'égard des gens ayant mieux réussi que lui en saccageant ma maison et sa propre carrière. »

À partir de ce moment-là, affirma June, il devint pratiquement impossible de le joindre par téléphone. Même quand elle l'appelait à onze heures du soir, après la baisse des tarifs, elle tombait toujours sur son répondeur. Ou alors, c'était sa femme qui décrochait, et Clary ne pouvait s'imaginer à quel point elle aussi se montrait impolie. « “ Mac doit se lever dans six heures pour aller travailler chez vous, et je ne vais pas aller le réveiller pour vous, ni pour Dieu elle-même. ” Ce sont ses propres mots – une cinglée de féministe. »

Clary eut du mal à ne pas faire de commentaires; c'est Kate qui s'en chargea, tandis qu'elle jouait sur la terrasse à l'ombre d'un hibiscus rouge : « Et patati et patata, et patati et patata », chantonna-t-elle en poussant un camion chargé de tortues en plastique sur un chemin entre deux planches.

S'animant toute seule, allumant une autre cigarette, June se lança dans la description de la bataille finale. Elle raconta qu'elle avait payé pour faire brancher le téléphone de Key West, afin de pouvoir joindre Mac sur place, mais qu'il était très souvent absent. « J'appelais, et Grand Bill ou Davy me disait qu'il se trouvait à la scierie. Alors, je rappelais une heure plus tard, et ils me disaient qu'il était parti à la mairie. Finalement, j'ai explosé. " Bon sang, j'ai dit, j'en ai marre de vos excuses bidon. Vous savez ce que me coûtent ces coups de téléphone? " »

Comme on pouvait s'y attendre, lorsque June appela le lendemain, Key West ne répondait pas, et pourtant, elle essaya pendant plus d'une heure, de plus en plus contrariée et furieuse. Elle finit par téléphoner à sa voisine d'à côté, une vieille femme souffrant d'arthrite. Elle s'excusait de la déranger, mais devait à tout prix savoir ce qui se passait chez elle.

À contrecœur, sa voisine accepta d'aller y faire un tour. Pendant que sa note de téléphone augmentait à vue d'œil, la vieille femme se rendit lentement jusqu'à la maison de June, puis en revint tout aussi lentement pour lui annoncer qu'il n'y avait personne. Après d'autres efforts de persuasion, elle sortit dans son jardin, monta sur un banc et regarda par-dessus le mur. Elle rentra dire à June que les types travaillant chez elle n'avaient probablement pas entendu le téléphone et la sonnette parce qu'ils se trouvaient dans la piscine.

Peu désireuse de causer des problèmes, elle évita de lui dire qu'ils se baignaient sans maillot – un détail que June apprit pourtant plus tard.

« Oui. Entièrement nus, dans ma piscine. Vous vous rendez compte? » (Clary fut frappée par le ton de sa belle-mère, dans lequel se mêlaient un frisson d'horreur et une pointe d'excitation. Cela lui rappela une remarque gênante qu'un vieil homme ivre lui avait faite l'année précédente, lors d'une soirée à Key West : « Les vieux sont attirés par les jeunes. J'ai le béguin pour vous, Clary, tout comme June en pince pour ces beaux ouvriers qui travaillent pour elle. »)

Dès qu'elle eut raccroché, poursuivit June, elle composa à nouveau le numéro de Key West et elle rappela sans arrêt pendant plus de deux heures, jusqu'à ce que Mac réponde enfin.

Si quelque chose pouvait encore venir aggraver la situation, dit-elle, c'était bien l'attitude de Mac. Il ne s'excusa pas et ne prétendit même pas ignorer ce qui se passait là-bas; au lieu de ça, il rit.

« " Bon sang, Mrs. Graber, il a dit, il fait presque trente-cinq degrés aujourd'hui, c'est sacrément chaud, et les gars faisaient leur pause déjeuner. De toute façon, si vous n'êtes pas là, qu'est-ce que ça peut vous faire? " Eh bien, j'ai répondu à sa question. Ce n'était pas seulement parce que ses hommes avaient délibérément enfreint mes ordres. Mais il avait également autorisé quelqu'un pouvant très bien être atteint du sida à se baigner dans ma piscine. " Vous n'allez pas nier que Davy est homosexuel, quand même ", je lui ai dit. »

Mac n'essaya pas de le nier, ajouta June. Au lieu de ça, aussi incroyable que cela puisse paraître, il se comporta comme si c'était elle la fautive, et pas lui. Il s'écria que Davy n'avait rien à se reprocher, et que de toute façon, on n'attrapait pas le sida en se baignant dans la même piscine qu'une personne contaminée.

« " Oui, je lui ai répondu, c'est ce que nous disent les soi-disant spécialistes ", déclara June. " Ils nous disent que l'eau est potable, que la cire sur les pommes ne provoque pas de cancer, et tout un tas de choses dans ce genre, et plus tard, on s'aperçoit qu'ils mentaient. Je ne veux pas courir de risques. " Ensuite, Mac a changé d'attitude. D'un ton très déplaisant, il a déclaré : " D'accord. Si ça vous ennuie tant que ça, je dirai aux gars de rester hors de la piscine. " »

June prit une inspiration pour se préparer à la chute.

« Vous savez ce que je lui ai répondu ? Je lui ai répondu : " Je ne veux pas que vous leur disiez quoi que ce soit. Je veux que vous quittiez ma propriété tous les trois cet après-midi. " » Elle sourit, revivant sa victoire. « Et j'ai ajouté : " Je ne veux plus jamais vous voir, ni vous, ni ces espèces de fainéants qui travaillent pour vous ". Voilà exactement ce que je lui ai dit. » Elle exhala un nuage de fumée, exprimant ainsi son autosatisfaction.

Bien sûr, ajouta June, Mac avait essayé de parlementer avec elle. « Mais je ne l'ai pas écouté, et pourtant, cela signifiait que je devais retourner à Key West pour trouver un autre entrepreneur (un boulot effrayant, je vous raconterai tout ça plus tard). Et ensuite, Mac a eu le toupet de m'adresser une dernière facture, de plus de trois mille dollars, alors que j'avais déjà payé bien plus que pour le travail effectué. D'après moi, il a eu de la chance que je ne le poursuive pas en justice pour avoir contaminé ma piscine. »

June sourit, écrasa sa cigarette, et regarda autour d'elle.

« Et qu'as-tu fait ce matin, Katie? demanda-t-elle à sa petite-fille.

– Joué avec les gens de la piscine, répondit Kate.

– Ils sont venus aujourd'hui? C'est très ennuyeux, dit June en fronçant les sourcils. Ils sont censés venir le lundi et le jeudi, vous savez, Clary, et je ne peux vraiment pas tolérer...

– Ce n'est pas de vos employés qu'elle parle, intervint Clary. Il ne s'agit pas de Rusty et Joy.

– Mm-mm », confirma Kate, qui faisait marcher une tortue en plastique sur la terrasse en direction de sa grand-mère. « Davy et Grand Bill. »

Pour une fois, June resta silencieuse. Elle avait pâli sous son bronzage cuivré, et son visage exprimait une certaine tension, voire de la panique.

« Kate n'a pas vraiment vu Davy et Grand Bill, j'en suis sûre, dit Clary pour la rassurer. Elle s'est juste souvenue d'eux, et elle a donné leurs noms à ses amis imaginaires. Vous savez, à la maison, elle a un lapin imaginaire, il prend ses bains avec elle. Est-ce que Davy et Grand Bill sont aussi des lapins, ma chérie?

– Nan. C'est des gens normaux, sauf qu'y sont bleus.

– Vous voyez bien, June, ils sont bleus. Et ils ne viennent pas de la rue, comme les gens normaux, n'est-ce pas? »

Kate secoua la tête. « Z'habitent dans la piscine, expliqua-t-elle en pointant un doigt dans l'eau. Ils disent : " Quand est-ce que ma Mamie va revenir se baigner la nuit? Nous voulons jouer avec elle. " C'est toi, dit-elle à June. C'est toi ma mamie. »

June restait figée; elle ouvrit la bouche, mais parut pour une fois incapable de prononcer un mot. Soit elle désapprouvait le fait d'avoir des amis imaginaires, soit elle était furieuse que Kate se soit adressée à elle en ces termes. Elle avait plusieurs fois déclaré qu'elle refusait d'être appelée mamie ou mémé ou encore grand-mère (« Ça me donne toujours l'impression d'être une vieille femme pitoyable. Pourquoi Kate ne peut-elle pas dire June, comme le reste de la famille ? »).

Le lendemain, il faisait très chaud, et quand Rusty arriva pour nettoyer la piscine, Clary lui apporta du thé glacé.

« Merci, dit-il en s'appuyant sur la façade ombragée de la maison. C'est bien tranquille, ici. On ne se douterait jamais que... » Il s'interrompit.

« Jamais que quoi ?

– Eh bien... » Il but une autre longue gorgée. « Toute cette sale histoire, en automne dernier.

– Vous voulez parler de la façon dont ces ouvriers se sont conduits avec Mrs. Graber ? » Sans aucun doute, toute la ville en avait entendu parler à présent, se dit Clary.

Rusty la considéra d'un regard dur.

« Mais non, bon Dieu ! Je veux parler de la façon dégueulasse dont elle s'est conduite avec eux, vous m'excuserez ! Et de ce qui est arrivé après.

– Vraiment ? Qu'est-il arrivé après ?

– Eh bien... » Rusty regarda au-delà de la terrasse, à l'endroit où Kate creusait dans un massif de fleurs. « Après, elle les a renvoyés, et elle a refusé de payer ce qu'elle leur devait – vous êtes au courant ?

– Oui, répondit Clary. Du moins, c'est ce que... » Elle fronça les sourcils.

« Eh bien, ils étaient dans le pétrin. Ce n'était pas très grave pour Mac. Il avait deux ou trois travaux de réparation de côté, et il possédait quelques économies. Mais Grand Bill avait une femme et trois enfants de moins de six ans, et il avait vraiment besoin de cet argent. Alors, quand un type qu'il connaissait lui a demandé d'acheminer une cargaison douteuse à Atlanta pour mille dollars, il a accepté. Vous n'avez jamais entendu parler de ça?

– Non.

– Peut-être que je ne devrais pas...

– Continuez.

– D'accord. Grand Bill a réussi, la première fois, mais au deuxième voyage, il est tombé sur un barrage de police, juste au nord de Summerland Key. Il a perdu son sang-froid, a fait demi-tour avec le camion, puis il est reparti dans l'autre sens et deux ou trois flics se sont lancés à sa poursuite. Il s'est mis à accélérer, et en arrivant au chantier, sur le pont, il a perdu le contrôle du véhicule et a défoncé une barrière; il était mort en arrivant à l'hôpital.

– Oh, c'est affreux. » Clary posa son thé glacé; elle avait les doigts gelés. « Je suis vraiment désolée...

– Et ensuite, Davy. Vous êtes au courant? » Clary secoua la tête. « Lui n'avait pas de famille à charge, mais il dépensait plus de quatre-vingts dollars par semaine pour acheter de l'AZT. Il a essayé de se faire prendre en charge par un organisme de la région, mais il y avait six semaines de délai. Alors, il en a eu marre, et il est parti pour San Francisco où la situation était censée être meilleure, mais là-bas, il s'est encore plus endetté. Il a vendu sa moto et dormait dans un parc. Puis vers fin novembre, il n'a plus supporté d'attendre ainsi la maladie et la mort, alors, il a sauté du haut d'une de ces grandes tours qu'ils ont là-bas.

– Oh, c'est affreux, répéta Clary. Mais je ne crois

pas que June – Mrs. Graber – soit au courant de tout ça, sinon, elle ne serait pas si... » Elle s'interrompit, incapable de trouver un terme neutre.

« Elle l'est, intervint Rusty. Elle l'est parfaitement, parce que je le lui ai dit quand elle est venue, juste avant Noël. »

Quand Clary était arrivée à Key West, June avait déclaré qu'elle donnerait un cocktail en son honneur. Clary avait remercié poliment sa belle-mère, mais à présent que la fête se déroulait, elle ne s'amusait pas beaucoup. Sous un coucher de soleil tacheté d'orange dont les teintes s'estompaient rapidement, une vingtaine de personnes vieillissantes bien conservées, portant des vêtements étrangement jeunes et colorés – pantalons rouge pompier, chemises hawaïennes, bermudas jaunes et robes de soleil violettes à volants –, se tenaient autour de la piscine illuminée, des verres à la main. Avec le soir, l'éclat de l'eau s'accentuait, prenant une nuance turquoise presque surnaturelle ; mais ils lui tournaient le dos, absorbés par les nouvelles concernant les transactions immobilières locales et leurs propres maisons, leurs plantes, leurs animaux, et leurs ennuis de santé.

June, vêtue d'un pyjama de soie rose, circulait sans arrêt à travers ses hôtes en les invitant à goûter les beignets de conque. Clary se trouvait près du petit bain ; elle regardait sa fille jouer dans l'eau avec des feuilles et des fleurs d'hibiscus, tout en écoutant une discussion sur les restaurants des Bermudes où elle n'était jamais allée, et où elle n'avait nulle intention de se rendre.

Tout à coup, à l'autre bout de la piscine, la foule s'agita. June Graber, comme on s'en aperçut plus tard, avait reculé d'un pas et était tombée dans la piscine.

Les cris et les bruits d'éclaboussures allaient crescendo tandis que quelques invités – ayant passé la soixantaine, et pour la plupart relativement éméchés – se jetaient à l'eau pour la sauver, parfois les uns sur les autres.

Presque aussitôt, le trapèze d'eau glissant se remplit de corps multicolores gesticulants, et l'air de cris hystériques confus. D'autres invités entrèrent dans la piscine par le petit bain où jouait Kate, ou bien jetèrent des coussins à fleurs vert et magenta, qui, au lieu de faire office de bouées de sauvetage, se transformèrent en armes.

Il faisait nuit noire avant que tous les sauveteurs en puissance aient pu être tirés de la piscine, ou se soient hissés d'eux-mêmes sur le bord, contusionnés et étourdis. June Graber fut sortie la dernière. Apparemment, elle s'était cogné la tête sur quelque chose et avait coulé presque immédiatement. Bien que plusieurs volontaires, et plus tard une équipe d'ambulanciers, aient tenté de la ramener à la vie, tous échouèrent.

Clary n'assista pas à ces vaines tentatives; en apercevant ce lourd tas rose gorgé d'eau, elle avait entraîné Kate à l'intérieur.

De retour à Boston, une fois le choc estompé, Clary et Ron s'inquiétaient surtout pour leur fille. Le premier contact avec la mort représentait une expérience importante pour un enfant, et cela exigeait beaucoup de tact.

« Tu vois, ma chérie, dit Clary en conclusion, voilà pourquoi tu dois toujours porter un gilet de sauvetage quand tu vas près de l'eau, parce que tu ne peux pas tout le temps penser à faire attention. Mamie ne faisait pas attention; elle a reculé et elle est tombée dans la piscine.

– Non, déclara Kate.

– Comment ça, non? » Clary serra Kate dans ses bras, soucieuse.

« Mamie a pas reculé. Grand Bill l'a tirée par la jambe, et après, Davy l'a poussée dans l'eau.

– Voyons, mon ange! » protesta son père.

Mais malgré tout ce que ses parents purent lui dire, Kate ne voulut pas en démordre. Lorsqu'ils insistèrent, elle éclata en sanglots, et ils durent déployer de gros efforts pour parvenir à la calmer.

« Kate ne comprend pas grand-chose à la mort, elle est encore trop jeune, dit Clary un peu plus tard. Quand je l'ai mise au lit ce soir, elle m'a affirmé que ta mère vivait dans la piscine de Key West.

– Elle m'a dit quelque chose de semblable à moi aussi, reconnut Ron. C'est peut-être une façon de ne pas s'avouer qu'elle ne reverra jamais June, parce que sa perte lui est encore trop pénible.

– Ou-ui. » Ce devait être pénible pour Ron, pensa Clary – bien plus qu'elle ne l'aurait cru. Mais June ne représentait rien pour Kate. Finalement, il valait mieux qu'elles n'aient jamais été proches.

Clary songeait à la maison de June, désormais en vente, puisque Ron avait refusé d'y retourner. Elle revoyait très clairement le jardin de derrière : les volets devaient être clos maintenant, et le mobilier de la terrasse recouvert de housses en plastique. Mais les projecteurs extérieurs, censés décourager les cambrioleurs, s'étaient encore allumés automatiquement au crépuscule, baignant les palmiers et les hibiscus de leur lumière irréelle. Et la piscine était pleine; l'agent immobilier pensait qu'elle paraîtrait plus jolie ainsi aux yeux des acheteurs éventuels.

L'eau est toujours aussi fraîche et claire, du même

vert argenté, pensa Clary; parcourue de petites rides, elle sort des arrivées avec le même bouillonnement soyeux, le même bourdonnement grave continu. Les mêmes reflets de feuilles jouent à la surface. Et au fond, les mêmes dessins changeants, semblables à un treillis – comme si quelqu'un agitait lentement un filet fantôme dans lequel, au plus profond de la piscine, trois silhouettes bleues évoluaient.

La commode

Avant même d'en savoir plus sur ce meuble, je n'en aurais pas voulu chez moi. Pour une antiquité de prix, il n'était pas particulièrement beau. Avec sa haute pile de tiroirs en acajou sombre et ses longs pieds minces recourbés, il paraissait non seulement lourd, mais dangereusement disproportionné. Enfin, Clark et moi n'avons jamais tellement aimé le style Chippendale; nous préférons les lignes sobres et les bois clairs. Le fronton sculpté de la commode, trop élaboré à mon goût, avait été poli jusqu'à briller d'un brun noir profond, exactement de la couleur des pruneaux au sirop.

Pourtant, je comprenais pourquoi ce meuble comptait tant aux yeux de Buffy Stockwell, la belle-sœur de Clark. Elle voulait à tout prix posséder ce qu'elle appelait « de très belles choses » : ses antiquités devaient être authentiques et sa porcelaine signée Spode. Elle ne faisait jamais remarquer à quel point ses « choses » étaient souvent de qualité supérieure à celles des autres, mais on le sentait tout de même. De plus, cette commode faisait partie de son héritage; elle se trouvait dans sa famille depuis des lustres. Je comprenais pourquoi Buffy avait été déçue et en colère quand sa tante l'avait léguée à son frère.

« Je ne voudrais pas paraître ingrate, Janet, sincèrement », me dit Buffy pendant que nous déjeunions au club. « Je me rends compte que Jack perpétue le nom de la famille, et pas moi. Bien sûr, j'étais contente de recevoir le service à café Tiffany de tante Betsy. Je pense qu'il a autant de valeur que la commode, mais il n'a pas de passé. Pas de personnalité, si tu vois ce que je veux dire. »

Buffy ricana sottement. Ma belle-sœur avait tendance à considérer ses objets d'un point de vue anthropomorphique, à en parler comme s'ils possédaient des traits humains : « Une chère petite cuillère à sucre Paul Revere, disait-elle. Il est vif, et même un peu agressif pour un support de plantes, mais je pense qu'il sera vraiment heureux sous la véranda. » Chaque fois que leur machine à laver, leur tondeuse à gazon ou leur magnétoscope ne fonctionnait pas correctement, elle disait qu'il était « malade ». Je trouvais cette habitude charmante autrefois, mais elle commençait à m'ennuyer.

« Je ne comprends pas, en fait », dit Buffy en plantant sa fourchette à dessert dans la tarte au citron qu'elle commandait toujours au club, après avoir déclaré qu'elle ne devrait pas. « Après tout, c'est à moi qu'on a donné le nom de tante Betsy, et elle savait que je m'intéressais à l'histoire de la famille. J'ai toujours cru être sa préférée. Comme quoi, on apprend à tout âge ! » Elle ricana à nouveau et enfourna une autre bouchée de tarte, laissant un peu de crème fouettée sur sa lèvre supérieure qu'elle avait petite et retroussée.

Comprenez-moi bien : Buffy et son mari Bobby, le

frère de Clark, étaient tous les deux des plus adorables, attachants, fiables et charmants. Mais Clark lui-même devait reconnaître qu'ils n'avaient jamais vraiment grandi. À soixante et un ans, Bobby était vice-président de sa société, mais l'essentiel de sa vie tournait autour du golf et du tennis.

Buffy, qui avait pratiquement le même âge, ne jouait plus à cause de son cœur. Mais elle portait toujours des vêtements de sport jaunes ou rose vif, et elle coiffait ses boucles uniformément blondes comme une petite fille. Évidemment, elle avait des sursauts d'enfantillage : elle attribuait des opinions à leurs animaux domestiques, et donnait un nom à leurs voitures. Elle affirmait que Suzy, leur caniche, n'aimait pas le facteur parce qu'il était démocrate, et elle avait conduit pendant des années une série de Plymouth Valiant baptisée Princesse.

Buffy aborda une nouvelle fois le sujet de la commode au cours d'un dîner à la maison, alors qu'elle revenait de chez son frère vivant dans le Connecticut. « Ce n'était pas une visite très réussie, dit-elle. Tu sais que tante Betsy a légué à Jack la commode Newport que j'espérais avoir. Je crois que je t'en ai parlé. »

Je lui confirmai qu'en effet, elle m'en avait déjà parlé.

« Eh bien, il l'a mise dans sa maison, à Stonington. Mais elle n'est pas du tout à sa place là-bas, au milieu de tous ces meubles en faux style provençal, fabriqués en noyer patiné artificiellement, que sa nouvelle femme a choisis. Elle semblait si mal à l'aise. » Buffy soupira en se servant une portion de pommes de terre rôties au passage.

« Ça m'a vraiment fait de la peine, poursuivit-elle. Je

me suis tout de suite rendu compte que Jack et sa femme n'aimaient pas la commode de tante Betsy, à la façon dont ils l'avaient flanquée dans le coin, juste derrière la porte du patio. Jack prétend qu'il n'arrive pas à la faire tenir d'aplomb et que les tiroirs se coincent tout le temps.

– C'est peut-être vrai, dis-je. Après tout, ce meuble doit avoir plus de deux cents ans. »

Mais Buffy ne voulut rien entendre. Tante Betsy n'avait pratiquement jamais eu ce genre de problèmes, même si elle lui avait avoué un jour que la commode était capricieuse. D'ordinaire, les tiroirs coulissaient sans la moindre difficulté, mais il leur arrivait parfois de se bloquer.

Je suggérai que ce phénomène venait probablement de l'humidité. Mais d'après Buffy, tante Betsy – dont l'imagination semblait aussi fertile que celle de sa nièce – prétendait que la commode boudait; quelqu'un l'avait maltraitée, disait-elle, ou bien elle n'avait pas été cirée récemment.

« Je suis sûre que la femme de Jack ignore aussi comment prendre correctement soin des beaux meubles, continua Buffy pendant la salade. Elle est trop occupée avec son travail de cadre supérieur. Sincèrement, Janet, c'est vrai. La semaine dernière, quand j'y suis allée, le vernis commençait déjà à se ternir, à prendre un aspect savonneux. Tante Betsy cirait la commode une fois par semaine à la cire d'abeille, pour entretenir la patine. Je l'ai mentionné deux fois, mais j'ai bien vu que la femme de Jack ne m'écoutait pas. De toute façon, elle ne m'écoute jamais. » Buffy eut un petit rire nerveux semblable à un hoquet. La femme de son frère n'était pas la seule, dans la famille, à la trouver sans intérêt, et Buffy n'était pas bête au point de l'ignorer.

« Ce que je crains, Janet, c'est qu'elle laisse sa femme de ménage l'asperger avec ces nouvelles cires artificielles qui brillent sans frotter », poursuivit Buffy en fronçant les sourcils, de l'autre côté de la nappe damassée. « J'en ai trouvé un bidon sous l'évier. Plein d'horribles produits chimiques aux noms imprononçables. De toute façon, je suis certaine que le climat de Stonington n'est pas bon pour les vieux meubles ; avec tout le sel et l'humidité qu'il y a dans l'air ! »

La conversation tomba un instant ; à l'autre bout de la table, le mari de Buffy l'entendit et sembla s'étrangler de rire. « Dis donc, Clark, dit-il, j'aimerais bien que tu persuades Buffy d'oublier cette vieille commode. »

Bien évidemment, Clark n'allait rien faire de tel. Mais il se pencha vers nous pour écouter l'histoire de Buffy, puis il lui suggéra de proposer à son frère d'échanger le meuble contre le service à café de sa tante.

Je pensais que c'était une bonne idée, et Buffy aussi. Elle écrivit à son frère, et quelques jours plus tard, Jack lui téléphona pour lui dire que l'arrangement lui convenait. Il en avait marre de cette commode ; quelle que soit la façon dont il calait les pieds, elle branlait toujours.

De plus, la veille, quand il avait voulu sortir des cartes en prévision d'un voyage qu'ils comptaient faire, elle s'était entièrement bloquée. Après avoir vainement tenté de décoincer le tiroir du haut avec un tournevis, il s'attaquait à l'un du bas lorsqu'il avait reçu un énorme coup sur la tête. Il avait dû desserrer quelque chose, si bien qu'au moment où il avait ouvert le tiroir du bas, celui du haut avait glissé sans bruit au-dessus de lui. Et quand il s'était relevé, bingo !

C'était un samedi, et comme leur docteur ne consultait pas, sa femme avait dû le conduire aux urgences de Westerley, à plus de quinze kilomètres; il se sentait trop étourdi pour prendre le volant. Les radios ne révélaient aucun traumatisme, mais il avait une bosse sur le crâne de la taille d'une prune, et la tête comme un ballon de football. Il serait ravi de lui faire parvenir ce fichu meuble par bateau dès qu'elle le voudrait, et elle pouvait prendre son temps pour lui envoyer le service à café.

Deux semaines plus tard, quand je me rendis chez Buffy pour prendre le thé, la commode de sa tante était arrivée. Buffy éprouvait une joie si grande qu'elle m'ennuya en voulant me raconter combien son meuble appréciait ses bons soins. « Quand je fais pénétrer la cire d'abeille, je l'entends presque ronronner sous ma main, comme un gros chat. » Je considérai à nouveau la commode. Je ne pensais pas avoir déjà vu un meuble aussi peu agréable à regarder. La voûte haute de son fronton prétentieux ressemblait à un chapeau de Napoléon grossier, et ses pieds terminés par des serres refermées sur une boule lui donnaient l'air de faire des pointes. Si c'était un gros chat, c'était un chat avec des pattes d'oiseau – un genre de griffon.

« Je sais qu'elle m'est reconnaissante de se trouver ici, me dit Buffy. L'autre jour, impossible de mettre la main sur mes lunettes; mais alors que je me trouvais dans le salon, désespérée, j'ai entendu un petit craquement, ou plutôt comme un bruit de bouchon qui saute. Je me suis retournée et j'ai vu que l'un des tiroirs du haut s'était ouvert de quelques centimètres. Eh bien, quand je me suis approchée pour le refermer, j'ai vu mes lunettes à l'intérieur! Alors, qu'est-ce que tu penses de ça? »

Je n'en pensais rien, mais je voulais la ménager.
« Drôle de coïncidence.
– Oh! Mieux que ça. » Buffy laissa échapper un ricanement. « Et elle est parfaitement stable maintenant. Essaie, tu vas voir. »
Je mis la main sur la commode et la poussai un petit peu; Buffy avait raison. Le meuble reposait de tout son poids contre le papier peint style colonial, comme s'il avait été chez Buffy depuis des siècles. L'acajou ciré couleur de prune sombre collait légèrement au toucher, et il était plus froid que je ne l'aurais imaginé.
« Et les tiroirs ne coincent pas du tout. » Buffy les fit coulisser d'avant en arrière en guise de démonstration. « Je sais qu'elle va être heureuse ici. »

La commode arriva au début du printemps et, heureuse ou pas, elle ne causa aucun problème jusqu'à l'été. Puis, en juillet, il y eut une semaine de violents orages, et les tiroirs commencèrent à se bloquer. J'en fus témoin un dimanche où Bobby essaya de sortir les diapositives de leur récent voyage au Québec. Il se mit à secouer le meuble en jurant, et Buffy se leva précipitamment pour aller le rejoindre.
« Cette commode n'a absolument rien qui cloche, me souffla-t-elle ensuite. Bobby ne sait simplement pas s'y prendre. Il ne faut pas forcer ainsi sur les tiroirs; il faut employer la douceur. »
Après la projection des diapositives, Bobby alla les ranger.
« Attention, chéri, l'avertit Buffy.
– Mais oui, mais oui », répondit son mari; mais à l'évidence, il ne l'écoutait pas vraiment. Il ouvrit le tiroir d'un coup sec sans trop de problèmes; mais quand il le claqua pour le refermer, il laissa échapper un hurlement terrible : il s'était coincé le pouce.

« Bon sang, non mais regardez-moi ça ! » cria-t-il en brandissant sa grosse main rouge pour nous montrer une profondre entaille au-dessous de la phalange. « Je crois bien que cette saleté est fichue. »

Le pouce de Bobby n'était pas cassé ; mais il s'avéra sévèrement meurtri. Il eut la main enflée pendant plus d'une semaine, ce qui l'empêcha de participer au tournoi de golf du club auquel il tenait beaucoup.

Ce jour-là, assises à la terrasse du club, Buffy et moi regardions Bobby faire un petit tour près du premier tee, vêtu d'une chemise de golf bleu layette, la main encore capitonnée dans ses bandages.

« Pauvre chéri, il est tellement en colère, dit Buffy.

– En colère ? » En fait, Bobby n'avait pas l'air fâché, mais seulement idiot, et inconsolable.

« Il est furieux contre la commode de tante Betsy, Janet. Alors, voilà ce que je me suis dit : inutile de chercher plus longtemps à le persuader de la traiter comme il faut. Après l'incident de la semaine dernière, j'ai compris qu'il valait mieux les séparer. Alors, j'ai enlevé toutes ses affaires des tiroirs, et maintenant, j'y range mon papier à lettres et mes laines à canevas. »

Cette fois, peut-être à cause de la chaleur moite et des mouches envahissant la terrasse, les lubies de Buffy m'ennuyèrent plus que d'habitude.

« Sincèrement, tu ne devrais pas te laisser dépasser par ton imagination, dis-je en ajoutant du citron dans mon thé glacé. La commode de ta tante n'est pas en froid avec Bobby. Ce n'est pas un être humain, c'est un meuble.

– Mais c'est justement ça le problème ! insista Buffy. C'est pour ça que c'est si important. Toi, moi, et tous les autres... » Elle agita une main rondelette parsemée de taches de rousseur en direction des autres personnes assises sous leurs parasols rose et blanc, et des golfeurs éparpillés sur le tapis vert du parcours. « ...nous savons tous que nous allons mourir tôt ou tard, même si nous faisons attention. N'est-ce pas?

– Euh, oui.

– Mais les meubles et les objets peuvent être pratiquement immortels, s'ils ont de la chance. Un héritage tel que la commode de tante Betsy... je me sens vraiment obligée de le préserver.

– Pour les enfants et les petits-enfants, tu veux dire.

– Aussi, oui. Mais même eux sont éphémères. » Buffy poussa un soupir, exhalant une bouffée d'air chaud. « Tu comprends, de notre point de vue, c'est nous qui possédons ces objets. Mais du leur, nous nous occupons d'eux seulement pendant un temps. Nous ne sommes que des gardiens, comme ce pauvre vieux Billy pour le club.

– Il prend sa retraite cette année, d'après ce que j'ai entendu, dis-je en espérant changer de sujet.

– Oui. Mais ils vont embaucher quelqu'un d'autre, tu sais, et s'il est compétent, ça ne changera rien pour le club. Eh bien, c'est pareil pour les objets que nous possédons, Janet. Évidemment, ils font de leur mieux pour se préserver, et trouver les meilleurs gardiens possibles. Ils ne demandent pas grand-chose : seulement qu'on les astique régulièrement, et qu'on manipule leurs tiroirs en douceur. Et bien sûr, ils détestent avoir froid, se faire mouiller ou salir, ou qu'on leur pose dessus des cigarettes allumées, des boissons ou des plantes.

– Ça semble déjà pas mal.

– Mais enfin Janet, c'est si important pour eux! s'écria Buffy. Je reconnais que la commode s'est mal conduite en pinçant Bobby aussi méchamment, mais c'était compréhensible, il me semble. Il agissait très brutalement, et elle a eu peur.

– Écoute, Buffy », dis-je en remuant si fort mon thé glacé que les glaçons s'entrechoquèrent impatiemment. « Tu ne peux pas croire que nous sommes menacés par nos propres objets !

– Oh, non ! » Elle gloussa à nouveau. « La plupart d'entre eux n'ont pas la force de causer des dommages importants. Mais je ne m'inquiète pas, de toute façon. J'entretiens d'excellentes relations avec toutes mes belles choses : elles savent que leur intérêt me tient à cœur. »

Je ne contredis plus Buffy ; il faisait trop chaud, et je me rendis compte que cela ne servait à rien. Ma belle-sœur avait cinquante-six ans, et si elle n'avait pas grandi jusque-là, elle ne grandirait probablement jamais. Quoi qu'il en soit, je n'entendis plus parler de la commode jusqu'au mois suivant, quand les petits-enfants de Buffy vinrent séjourner chez elle. Par un après-midi brumeux et humide du mois d'août, je me rendis là-bas avec un panier plein de tomates et de courgettes du jardin. Les enfants jouaient avec des cubes, et Buffy travaillait sur une housse de coussin gros point représentant une œuvre du Metropolitan Museum. Un moment plus tard, manquant de laine rose, elle demanda à son petit-fils de six ans d'aller lui en chercher dans la commode.

Il se leva et y courut sur-le-champ – c'est vraiment un petit garçon adorable. Mais lorsqu'il tenta d'ouvrir le tiroir du bas, celui-ci refusa, et il donna un coup de pied dans l'une des pattes d'oiseau supportant le meuble. Ce n'était pas méchant, mais Buffy bondit en criant comme si elle venait de se faire piquer par une guêpe, renversant son canevas et ses laines de couleur.

« Jamie ! » Elle hurlait presque. « Tu ne dois jamais, jamais faire ça ! » Puis elle attrapa l'enfant par le bras et l'entraîna sans ménagement.

Naturellement, Jamie fut surpris et bouleversé ; il jeta un regard terrifié à Buffy et éclata en sanglots. Les larmes de son petit-fils lui firent retrouver ses esprits. Elle le serra dans ses bras en lui expliquant que grand-mère n'était pas fâchée, mais qu'il devait faire très très attention à la commode, car elle était vieille et avait beaucoup de valeur.

La réaction de Buffy me parut terriblement exagérée, et quand elle se rendit à la cuisine pour préparer deux gin tonics, et du lait accompagné de cookies au beurre de cacahuète pour les enfants, afin de « tous nous remettre », je la suivis pour lui dire le fond de ma pensée. Elle tenait tout de même plus à ses petits-enfants qu'à ses meubles, non ?

Buffy me regarda bizarrement ; puis elle poussa la porte.

« Tu ne comprends pas, Janet », me dit-elle à voix basse, comme si quelqu'un risquait de l'entendre. « Jamie doit absolument éviter d'ennuyer la commode. Elle s'est montrée plutôt pénible ces derniers temps, tu sais. » Elle essaya d'ouvrir une bouteille de tonic, mais sans succès – je dus la lui ôter des mains.

« Oh, merci, dit-elle d'un air distrait. C'est juste... Par exemple, l'autre jour, Betsy Lee jouait entre les pieds de la commode ; elle s'était fabriqué une sorte de nid avec les coussins du canapé, et y avait installé quelques poupées. J'ignore ce qui s'est passé exactement, mais l'un des pieds lui a donné un coup de griffe et lui a fait cette vilaine écorchure que tu as remarquée sur sa jambe. » Buffy jeta un coup d'œil par-dessus son épaule avec appréhension, et baissa encore la voix. « Et ce n'est pas le seul incident... Oh, peu importe. » Elle soupira, puis ricana nerveusement. « Tu penses que ce sont des bêtises, Janet, je le sais bien. Tu veux du citron ? »

Cette conversation me troubla, et je le dis à Clark le soir même ; mais il ne me prit pas au sérieux.

« Chérie, je ne m'inquiéterais pas à ta place. C'est toujours la même chose avec Buffy.

– Oui, mais cette fois elle a poussé la plaisanterie trop loin. Elle a effrayé ces pauvres enfants. Et même si elle faisait l'imbécile, je pense qu'elle attache beaucoup trop d'importance à ce vieux meuble. Vraiment, elle m'a énervée.

– Je crois que tu devrais plutôt avoir pitié d'elle, remarqua Clark. Tu te souviens de ce que nous avons si souvent dit : maintenant qu'elle a dû renoncer au sport, elle s'ennuie. Je pense qu'elle essaie juste de mettre un peu de piment dans sa vie. »

Peut-être avait-il raison. Mais ensuite, il me vint une idée : j'allais faire nommer Buffy secrétaire de la Société historique, pour la fin du trimestre ; la femme qui occupait ce poste venait de démissionner. Je savais que la tâche ne serait pas facile, car Buffy ne possédait aucune expérience, et de nombreuses personnes la trouvaient frivole. Mais j'étais sûre qu'elle s'en sortirait ; elle avait toujours parfaitement géré leur grande maison, et elle en savait long sur l'histoire, la généalogie et les antiquités de la région.

D'abord, je devais convaincre le conseil de la Société historique qu'ils avaient besoin d'elle, puis faire la même chose avec Buffy ; mais je réussis. J'étais assez fière de moi. Et je le fus encore plus en constatant, au fil des semaines, que non seulement elle s'acquittait de son travail avec brio mais qu'elle semblait en outre avoir oublié toutes ces sottises à propos de la commode. Durant tout l'automne et tout l'hiver, elle n'y fit pas allusion une seule fois.

Ce n'est pas avant le début du printemps suivant que Buffy me téléphona un matin, à l'évidence dans tous ses états, pour me demander de venir la voir. Elle m'attendait dans le hall, vêtue de sa parka blanche molletonnée. Ses belles boucles teintes en blond étaient en bataille, ses yeux étrangement ronds et brillants, et le bout de son nez retroussé tout rose ; elle ressemblait à un lapin affolé.

« N'ôte pas ton manteau tout de suite, Janet, me dit-elle hors d'haleine. Viens dans le jardin ; je dois te montrer quelque chose. »

Une telle invitation me surprit, par cette journée froide et venteuse du mois de mars. À part quelques perce-neige et deux ou trois crocus blancs gelés éparpillés à travers la pelouse, il n'y avait rien à voir. Mais ce n'était pas du jardin que Buffy voulait me parler.

« Tu sais, Abigail Jones, cette New-Yorkaise qui a présenté le thème “ Décoration et meubles anciens ” hier, à la Société ? » me demanda-t-elle entre deux carrés de terre bêchée et de compost détrempé.

« Mm.

– Eh bien, je lui ai parlé après la conférence, et je l'ai invitée à venir boire le café ce matin, pour lui faire visiter la maison.

– Mm ? Et comment ça s'est passé ?

– Horriblement mal, Janet. Je ne veux pas dire que... » Buffy voûta les épaules et déglutit comme si elle allait fondre en larmes. « Mrs. Jones s'est montrée très charmante. Elle a admiré ma table et mes chaises Hepplewhite; elle m'a également complimentée sur le lit à baldaquin de la chambre bleue, bien que je me sois sentie obligée de lui avouer qu'une des colonnes n'était pas d'origine. Mais ce qu'elle a préféré, c'est la commode de tante Betsy.

– Ah oui?

– Elle l'a trouvée vraiment superbe. Je lui ai dit que d'après moi, elle avait été fabriquée à Newport, mais Mrs. Jones pensait qu'elle venait plus probablement de Salem. Évidemment, ça m'a rendue mal à l'aise.

– Quoi? Je veux dire: pourquoi?

– À cause des sorcières, voyons! » Buffy fit entendre son petit rire nerveux. « En fait, une certaine Elizabeth Corey fut accusée de sorcellerie. Ensuite, Mrs. Jones a dit qu'elle espérait que je prenais grand soin de la commode. Alors, bien sûr, je lui ai répondu que oui. Elle le voyait bien, d'ailleurs, mais je devais absolument comprendre qu'il s'agissait d'une pièce unique, avec le plumage sculpté sur les pieds et apparemment toutes les ferrures d'origine. Ce meuble méritait vraiment de figurer dans un musée, selon elle. J'ai tenté de l'arrêter, car je sentais que la commode commençait à s'énerver.

– À s'énerver? » Je ris, car je pensais encore qu'il s'agissait d'une plaisanterie. « Pourquoi se serait-elle énervée? Elle aurait dû être contente de se faire admirer par un expert.

– Mais tu ne comprends pas, Janet? dit Buffy d'un ton larmoyant. Elle ignorait l'existence des musées, avant. Elle ne se rendait pas compte qu'il existait des endroits où l'on prendrait vraiment soin d'elle, et où elle serait en parfaite sécurité pour... pour presque toujours. Elle ne pouvait pas le savoir, car lorsqu'un meuble va au musée, il n'en revient pas pour en parler aux autres. C'est comme quand nous allons au ciel, j'imagine. Seulement maintenant que la commode est au courant, elle va vouloir y aller.

– Mais un meuble ne peut pas forcer ses propriétaires à l'envoyer dans un musée! » protestai-je en me disant que cette conversation semblerait complètement absurde à quelqu'un qui ne connaîtrait pas Buffy.

« Ah, vraiment? » Elle écarta des boucles rebelles de son visage. « Tu ne sais pas de quoi elle est capable, Janet. Personne ne le sait. Il y a des choses dont je ne t'ai pas parlé – mais peu importe. Seulement, je dois avouer que je commence à comprendre pourquoi tante Betsy ne m'avait pas légué la commode. Je ne crois pas que ça ait un rapport quelconque avec le nom des Corey. Je crois qu'elle essayait de me protéger. » Elle rit avec un bruit de glace qui se brise.

« Vraiment, Buffy... » Lasse, prudente, je poursuivis. « Si cette commode est aussi intelligente que tu le prétends, elle doit savoir que Mrs. Jones voulait juste se montrer polie. Elle ne voulait pas vraiment dire...

– Mais si! Elle a dit que si jamais je pensais léguer ce meuble à un musée, où on pourrait en prendre vraiment soin, elle espérait que je lui ferais savoir. J'ai essayé de changer de sujet, sans succès. Elle insistait sur les risques permanents d'incendie et de cambriolage que couraient les objets dans un foyer. Elle disait " foyer " au lieu de " maison ", tu vois de quel genre de femme il s'agit! » Buffy ricana piteusement. « Ensuite, elle s'est mise à parler de déductions fiscales, et m'a affirmé connaître plusieurs musées susceptibles d'être intéressés. Je ne savais pas quoi faire; je lui ai dit que si jamais je décidais de me séparer de la commode, je la donnerais probablement à la Société historique.

– Bien sûr, c'est une solution. Si tu as senti...

– Mais ça n'a aucune importance maintenant, coupa Buffy en posant une petite main froide sur mon poignet. J'ai eu un moment de faiblesse, mais je ne vais pas la laisser me mener par le bout du nez. J'ai trouvé la solution pour me protéger : je vais modifier mon testament. J'ai déjà appelé Toni Stevenson, et je vais tout droit à son bureau après ton départ.

– Tu vas léguer la commode à la Société historique?

– Un jour, peut-être, si j'y suis obligée. Mais pas tout de suite; ça, non! Ce serait fatal. Pour le moment, je vais la léguer à Fred, le neveu de Bobby. Mais seulement si je meurs accidentellement. » Derrière sa touffe de mèches folles, Buffy eut un drôle de petit sourire.

« Si tu meurs! m'exclamai-je en avalant ma salive. Tu ne penses pas sérieusement...

– Je pense que cette commode est capable de tout. Elle n'éprouve aucun sentiment, aucune gratitude. J'imagine que de son point de vue, je ne vais pas tarder à mourir de toute façon.

– Mais enfin, Buffy... » Le vent puissant emporta le reste de ma phrase, mais je doute qu'elle ait voulu l'entendre.

« Quoi qu'il en soit, ce que j'aimerais que tu fasses maintenant, Janet, c'est rentrer avec moi et être témoin quand je vais lui révéler mon plan. »

J'étais pratiquement sûre que Buffy déraillait; mais évidemment, je suis rentrée avec elle.

« Oh, je voulais te dire, Janet », déclara-t-elle d'une voix inhabituellement claire et forte en rentrant dans le salon, « maintenant que je connais la valeur de la commode de tante Betsy, j'ai décidé de la léguer à la Société historique. Je vais le faire porter sur mon testament aujourd'hui même. Si je meurs de causes naturelles, bien sûr. S'il s'agissait d'une mort accidentelle, alors, je la donnerais au neveu de mon mari, Fred Turner. » Elle s'interrompit et prit une profonde inspiration.

« Vraiment? » dis-je avec l'impression de jouer dans une pièce surréaliste.

« Je me rends compte qu'elle se sentira peut-être un peu déplacée chez Fred, poursuivit implacablement Buffy, au milieu de tous ses étranges meubles modernes en toile et en chrome. Mais ça m'est égal. C'est vrai que Fred est un peu étourdi de temps en temps. Une fois, ici, il a laissé une cigarette se consumer sur la table en héliotrope qui se trouve dans le bureau; c'est pour ça qu'elle a cette horrible brûlure, tu sais. Et il ne fait pas non plus très attention aux verres humides et aux tasses de café. » Buffy se tenait toujours face à moi, mais elle ne cessait de regarder la commode par-dessus mon épaule.

Je me retournai pour suivre son regard, et soudain, pendant un moment, je crus souffrir des mêmes hallucinations. La commode n'avait pas bougé; mais à présent, elle avait l'air lourd, maussade, et elle paraissait avoir un semblant de visage. Les poignées en cuivre des deux tiroirs du haut en formaient les yeux à demi clos, et la colonne cannelée qui les séparait ressemblait à un long nez fin; la serrure ornementale en cuivre du tiroir du dessous lui dessinait une bouche mince et boudeuse. Sous son tricorne recourbé en acajou sculpté, elle avait une expression vicieuse et calculatrice, comme ces marchands coloniaux hypocrites de la Nouvelle-Angleterre.

« Je sais exactement ce que tu penses, dit Buffy sans prétendre plus longtemps s'adresser à moi. Et si tu n'es pas sage, je te donnerais peut-être à Fred et Roo tout de suite. Ils ont des enfants, en plus. Très remuants; pas aussi calmes que Jamie et Betsy Lee. » Son rire avait maintenant un son fragmenté glacial – un iceberg en train de se fissurer.

« Rien n'était vrai, tu sais, à propos du neveu de Bobby, me confia Buffy en me raccompagnant à ma voiture. Ils ne sont pas si peu soignés, et ils ne fument ni l'un ni l'autre. Je voulais juste l'effrayer.

– C'est moi que tu as effrayée », lui répondis-je.

Et je ne mentais pas, comme je le dis à Clark ce soir-là. Il ne s'agissait pas seulement de l'imagination excessive de Buffy, mais de la façon dont elle avait réussi à me contaminer. Il rit; il ignorait que Buffy pouvait se montrer si convaincante. Il me demanda également si j'étais sûre qu'elle ne me jouait pas un tour.

Je dus reconnaître que je n'en étais pas certaine. Mais je restais inquiète. Ne pensait-il pas qu'il fallait faire quelque chose?

« Faire quoi? » demanda Clark. Et, ajouta-t-il, même si Buffy ne plaisantait pas, j'avais peu de chances d'arriver à l'emmener consulter un spécialiste; pour elle, les psychologues étaient tous des cinglés. D'après Clark, il valait mieux attendre la suite des événements.

Pourtant, quand je revis Buffy, je ne pus m'empêcher de lui demander des nouvelles de la commode.

« Oh, tout va bien maintenant, me répondit-elle. Juste après t'avoir vue, j'ai signé le codicille. J'en ai rangé une copie dans l'un de ses tiroirs pour qu'elle s'en souvienne, et depuis, elle a été sage comme une image. »

Plusieurs mois passèrent, pendant lesquels Buffy ne refit jamais allusion à ce sujet. Et quand je m'enquis de la commode, elle me répondit : « Quoi? Ah, bien, merci », d'un ton désintéressé suggérant qu'elle avait oublié son obsession – ou qu'elle était fatiguée de sa plaisanterie.

Chose irritante, maintenant que j'avais vu le visage désagréable de la commode, je le voyais chaque fois que j'allais chez elle. Mon regard se portait du meuble à la figure rose et ronde de Buffy, en me demandant si elle s'était moquée de moi durant tout ce temps.

Pourtant, je finis par oublier cette histoire. Puis, un jour, à la fin de l'été, la femme de Fred Turner vint à la maison. Photographe professionnelle d'un certain renom, Roo voulait faire des portraits de moi.

Comme beaucoup de photographes, Roo entretenait toujours une conversation à bâtons rompus avec ses modèles pendant qu'elle travaillait; pour les empêcher d'adopter des poses rigides ou affectées, j'imagine.

« J'aime bien votre maison, vous savez, Janet. Vous avez de jolies choses, si simples. Pouvez-vous vous tourner lentement sur la droite?... Bien. Ne bougez plus... Tandis que chez oncle Bobby... Ne bougez plus... Leur jardin est fantastique, bien sûr, mais je n'aime pas tellement leur mobilier. Baissez un peu le menton, s'il vous plaît... Vous savez, cette énorme vieille commode sombre, que Buffy a léguée à Fred.

– La commode haute.

– C'est ça. Déplaçons un peu ces roses. C'est mieux... Il paraît qu'elle a beaucoup de valeur, mais je la trouve horrible. J'ai dit à Fred que je n'en voulais pas à la maison. Ne bougez plus... C'est bon.

– Et qu'a-t-il dit?

– Hein? Oh, Fred est du même avis que moi. Il a dit que s'il en héritait, il la donnerait à un musée.

– Un musée ? » Je dois reconnaître avoir élevé la voix. « Où se trouvait Fred lorsqu'il vous a dit ça ?

– Ne bougez pas, s'il vous plaît. C'est bon... Quoi ? Je crois que nous étions dans le salon de Buffy – mais elle n'était pas là, bien sûr. Ne vous inquiétez pas, Janet. Fred ne dirait jamais une chose pareille devant sa tante ; il sait bien qu'il paraîtrait affreusement ingrat. »

Sur le coup, j'eus envie de décrocher le téléphone pour prévenir ma belle-sœur dès le départ de Roo. Mais ensuite, je me dis que j'aurais l'air ridicule. Croire que Buffy était menacée par une commode me paraissait absurde. Surtout si longtemps après qu'elle eut elle-même renoncé à cette idée – pour autant qu'elle l'ait jamais eue.

Peut-être même que Buffy se moquerait de moi ; elle ne semblait plus du tout aussi fantasque qu'avant. Elle s'était de plus en plus investie dans la Société historique, et tout laissait penser qu'elle serait réélue automatiquement l'année suivante. De plus, si par hasard elle avait été sincère, et si je lui remémorais sa vieille obsession en lui donnant même l'impression de la partager, elle risquait d'en souffrir à nouveau par ma faute.

Alors, je ne fis rien. Je ne fis même pas allusion à cet incident devant Clark.

Deux jours plus tard, j'écrivais du courrier dans le bureau quand Clark entra en coup de vent. Je sus que quelque chose d'affreux s'était produit dès que j'aperçus son visage.

Bobby venait d'appeler depuis l'hôpital. Buffy se trouvait en soins intensifs, et le pronostic du médecin n'était guère optimiste. Elle avait une hanche cassée et un traumatisme crânien, mais le véritable problème venait du choc causé à son cœur fragile. Apparemment, dit-il, un gros meuble lui était tombé dessus.

Je n'eus pas besoin de lui demander de quel meuble il s'agissait. Nous nous rendîmes tout de suite à l'hôpital; mais le temps d'arriver là-bas, Buffy était dans le coma.

Plus enrobée que mince, Buffy semblait pourtant horriblement petite dans cette chambre, sur ce haut lit plat – comme une enfant flétrie. Des bandages lui enveloppaient la tête; des tubes et des fils rampaient sur son corps comme des serpents mécaniques; ses petites mains couvertes de taches de rousseur, serrées faiblement, reposaient sur le drap blanc de l'hôpital. On voyait tout de suite que c'en était fini pour elle, même s'ils parvinrent à la maintenir en vie – si on peut utiliser ce mot – pendant presque trois jours.

Comme promis, Fred Turner donna la commode à un musée de New York. Je m'y rendis récemment pour aller la voir. Derrière ses cordons de velours rouge sombre, elle n'avait pas changé : haute, luisante, disproportionnée, reposant sur de longs pieds terminés par des serres.

« Espèce de vilaine commode, ingrate et égoïste, lui dis-je. J'espère que tu auras des termites. J'espère qu'un fou viendra t'attaquer avec une hache. »

La commode ne me répondit pas, bien sûr. Mais sous son chapeau de Napoléon en acajou, elle semblait afficher un petit sourire satisfait.

En comptant les moutons

Bien qu'elle s'efforçât de ne pas le montrer, Janey Francis accueillit avec autant de surprise que de plaisir la proposition de diriger le Programme Wordsworth à Grasmere l'année suivante. Seule femme du conseil d'administration, elle s'était toujours sentie un peu exclue. Pour la plupart de ses collègues, tout comme pour Wordsworth, le rôle de la femme se résumait à apporter aux hommes un soutien intelligent. Même à présent, elle soupçonnait certains d'entre eux d'avoir des doutes – non pas sur son érudition, mais sur sa capacité à mener ces recherches avec suffisamment de détachement. Depuis le début, ils s'amusaient de la sollicitude maternelle excessive qu'elle témoignait à leurs jeunes diplômés; quelqu'un l'avait même qualifiée de « nourrice angoissée ».

Mais ses collègues ne comprenaient pas, ou refusaient d'admettre que vivre et travailler à Grasmere pendant une année entière n'avait rien de facile pour une jeune femme. En fait, quand on ne se sentait pas au sommet de sa forme, la région des lacs n'était pas l'endroit idéal. Bien sûr, outre de beaux panoramas, elle comptait un nombre impressionnant de sites historiques, mais si l'on n'aimait pas explorer la campagne, contrairement à Janey, on risquait de se sentir un peu désemparé après les heures de travail. Et à la vérité, si de nombreux intellectuels apprécient les paysages romantiques dans la théorie et dans la littérature, ils éprouvent vite embarras et ennui une fois dans la nature.

De plus, le comté de Cumbria était une région étrange de l'Angleterre : encore extrêmement arriérée et isolée en certains endroits, pleine de légendes et de superstitions déjà vieilles à l'époque de Wordsworth – dont quelques-unes s'avéraient plutôt déplaisantes. Par mauvais temps, cette région prenait un aspect oppressant, avec ses gorges profondes noires de sapins parcourant le paysage comme des déchirures sombres, ses collines rocailleuses et escarpées jonchées de moutons. De plus, il y pleuvait vraiment trop au goût de Janey, et il pouvait y faire humide et froid même en plein été.

Les jeunes diplômés, qui arrivaient fin août, attrapaient souvent de vilains rhumes. La plupart d'entre eux – on pourrait même dire : les meilleurs d'entre eux – s'adaptaient, survivaient, voire prospéraient. Mais parfois, surtout quand ils étaient habitués à des climats plus doux, ou quand leurs proches leur manquaient, ils devenaient tristes et irritables. L'année précédente, une jeune Américaine avait abandonné le Programme après un mois seulement pour retourner à Los Angeles, simplement parce que, d'après elle, ses sous-vêtements mettaient trois jours à sécher. Selon l'expression de Jim Stephens, qui dirigeait les recherches cette année, le temps de Grasmere permettait de séparer les brebis des boucs.

Bien qu'elle n'en parlât pas tout de suite, Janey s'était inquiétée au sujet de Robbie McEwen presque depuis le jour où il avait été engagé. Ce jeune homme sérieux au visage long et pâle surmonté d'épais cheveux ternes frisés avait des manières floues et distraites. Assurément, il semblait étrange, mais Janey se souvint qu'il fallait s'attendre à rencontrer des gens un peu étranges dans le milieu de la recherche littéraire. Une vie consacrée à étudier les mots d'un autre – à passer derrière de précédents éditeurs, à vérifier leur travail, à corriger leurs erreurs et leurs partis pris – n'avait rien d'aisé. Ce qui rendait la tâche particulièrement difficile, c'était les efforts quotidiens, de chaque instant, qu'il fallait fournir afin d'éliminer les convictions personnelles susceptibles d'influencer les décisions éditoriales – cet exercice avait de quoi vous rendre quelque peu irréel et distrait.

Il fallait avoir une vie privée, pour équilibrer. Il fallait avoir des amis et de la famille, et Robbie semblait ne posséder ni l'un ni l'autre. Il était fils unique et – chose étrange, de nos jours – orphelin; de plus, même ses lettres de recommandation les plus favorables avaient donné l'impression que leurs auteurs ne le connaissaient pas très bien.

Enfin, à tout cela venaient s'ajouter l'anxiété et le découragement naturels dont souffraient tant de jeunes universitaires britanniques à l'époque, en raison des coupes sombres faites par le gouvernement dans le budget de l'éducation. En général, ils n'avaient pratiquement aucune chance d'obtenir un travail décent, à moins de posséder des relations. La situation de Robbie ne semblait guère prometteuse. Sorti de l'université de Londres avec des résultats moyens, il vivait à Grasmere, travaillait comme apprenti éditeur sur l'un des derniers volumes de Wordsworth – un volume d'intérêt mineur –, et aidait les guides de Dove Cottage *. S'il parvenait à écrire un ou deux articles intéressants, ou encore un livre, il trouverait peut-être une place quelque part, mais il s'agissait plutôt d'un projet à long terme.

Quand Janey se présenta à Grasmere pour assister à la réunion d'automne du conseil d'administration, Robbie semblait s'être assez bien adapté, même si, selon Jim Stephens, il ne passait guère de temps avec les autres chercheurs. Il lui arrivait parfois d'aller au pub avec eux, mais le plus souvent, il faisait de longues promenades à pied dans les bois ou sur les collines, même par les plus mauvaises conditions météorologiques. Titulaire d'une bourse d'études dans une université du nord de Londres, il n'avait jamais vécu à la campagne, mais il s'était pris de passion pour la nature. En deux mois seulement, il avait acquis un remarquable savoir : il connaissait les meilleures pistes, les endroits où il fallait éviter les marécages et les éboulis; il savait reconnaître les ajoncs des genêts, et un gobe-mouches d'un passereau à vingt mètres. Janey n'en fut guère surprise; elle se souvenait avoir entendu Robbie déclarer, lors de son premier entretien, que la quête de Wordsworth pour atteindre la fusion avec la nature était ce qui l'avait initialement attiré chez le poète.

De plus, il s'avérait également être un assez bon éditeur. Jim Stephens rapporta que Robbie avait déjà trouvé, dans une lettre obscure adressée à Wordsworth, des passages semblant avoir été repris dans ses poèmes. Malheureusement, un autre jeune diplômé vantait partout cette découverte comme s'il s'agissait de la sienne.

* Cottage où vivaient le poète et sa famille. *(N.d.T.)*

Contrariée par cette nouvelle, Janey se proposa d'aller en parler à Robbie.

Elle le trouva dans la bibliothèque, une grande pièce sombre où s'entassaient des livres de références, des boîtes remplies de manuscrits, et ce genre d'ordinateurs et de photocopieuses qui lui rappelaient invariablement les fours à micro-ondes. Qu'ils traitent les aliments ou les mots, Janey ne les aimait pas; elle se réjouit de voir Robbie écrire au crayon à papier, assis à l'une des longues tables de chêne.

Quand elle lui dit être venue pour jeter un coup d'œil à la lettre qu'il avait découverte, il bondit avec enthousiasme et sortit une lourde enveloppe transparente.

« Si vous voulez bien regarder la page trois, c'est là qu'il y a la phrase : *Je crois que le même esprit anime toutes les créatures et tous les objets de leur pensée.* Presque mot pour mot ce que Wordsworth a écrit dans *Tintern.* » Comme beaucoup de membres du Programme, Robbie faisait référence aux œuvres majeures du poète par des surnoms : les Accès, les Sangsues, le Moissonneur, les Sept. Pourtant, il parlait sur le ton de la révérence, et il tenait l'enveloppe en plastique comme un prêtre de seconde zone aurait tenu la relique d'un saint de seconde zone.

Avec précaution, Janey sortit les feuilles friables jaunies, puis regarda attentivement les boucles emmêlées de l'écriture que le temps avait fait virer au brun tabac. Elle avait beau savoir qu'en histoire littéraire seuls les mots comptaient, et non les bouts de papier ou de parchemin sur lesquels on les avait inscrits initialement, elle ne pouvait s'empêcher d'être émue par un manuscrit original. Wordsworth en personne avait tenu cette lettre, brisé le sceau (la tache de cire noircie était encore visible), lu les lignes qu'elle lisait à présent...

« Oui. Oui, je vois », murmura-t-elle. Puis elle se secoua pour reprendre ses esprits, remit la lettre dans son enveloppe, et s'acquitta de sa tâche.

« Jim Stephens m'a dit que c'était vous seul qui aviez découvert ce passage, dit-elle à Robbie. J'espère que vous allez rédiger un article à ce sujet dès que possible, pour qu'on vous en attribue le mérite.

– J'sais pas », répondit-il vaguement en passant une main dans ses boucles ternes emmêlées. « Je crois qu'Horace Blow a déjà commencé, en fait.

– Eh bien dans ce cas, vous feriez mieux de lui dire d'arrêter. C'est votre découverte, pas la sienne. » Elle secoua l'enveloppe sous le nez de Robbie, mais tout ce qu'elle reçut en retour fut un regard inquiet de conservateur de musée, tandis que les pages renfermées à l'intérieur s'agitaient d'avant en arrière.

« J'sais pas, marmonna-t-il. J'ai dit à Horace que s'il voulait... Enfin, ça ne fera aucune différence pour le Programme, que l'article soit écrit par lui ou par moi, si?

– Non, mais ça pourrait faire une différence pour vous », répondit Janey, peut-être un peu brusquement. Dans cette profession, elle en savait quelque chose, il fallait vraiment crier pour se faire entendre, et Robbie semblait tout juste capable de chuchoter. « Ça pourrait faire une différence pour votre carrière.

– Oh, je m'en moque », dit-il d'un ton sans réplique.

Janey soupira. Apparemment, Robbie s'était attribué le rôle d'un paysan à la Wordsworth, humble et soumis. Mais ce qui pouvait sembler l'attitude appropriée pour un vieux ramasseur de sangsues paraissait ridicule lorsqu'il s'agissait d'un jeune homme en quête d'un poste universitaire.

« Eh bien, vous ne devriez pas », le gronda-t-elle.

Robbie ne répondit pas, se contentant de regarder un point derrière elle, ses yeux sombres légèrement protubérants fixés à mi-distance. Janey jeta un coup d'œil alentour, mais ne vit personne.

« Réfléchissez-y, au moins, dit-elle en lui rendant la lettre.

– Euh, bien sûr », répondit-il sur un ton qu'elle reconnut, pour avoir élevé quatre enfants, comme étant celui du oui qui veut dire non.

Janey quitta la bibliothèque en colère. Elle comprenait qu'à présent, Jim Stephens ou elle – ou peut-être même tous les deux – allait devoir s'entretenir avec le présomptueux Horace. Robbie ne défendrait pas sa découverte, et il ne se plaindrait pas si on la lui volait – pas plus qu'il ne s'était plaint de son sinistre logement. On lui avait attribué deux pièces humides dans un cottage à flanc de colline, situé de l'autre côté du lac, collé contre un ruisseau froid et bruyant. Il y avait l'électricité, mais pas le gaz, et les sanitaires se trouvaient à l'extérieur. Jim prétextait que de tels endroits fournissaient aux chercheurs un cadre historiquement authentique. Il affirmait qu'à Dove Cottage, Wordsworth et sa famille vivaient dans des conditions identiques, si ce n'est pires. Ce qui était probablement vrai, pensait Janey; Dorothy * aurait certainement apprécié l'éclairage électrique, la plaque chauffante et le radiateur à serpentin de Robbie.

Si Janey fut irritée par cet incident, elle ne s'inquiéta pas réellement au sujet de Robbie avant la réunion du conseil tenue au printemps. À cette période, le directeur du Programme essayait toujours d'avoir une conversation à titre privé avec chaque étu-

* Sœur du poète. *(N.d.T.)*

diant, afin de discuter de ses perspectives d'avenir et de prévoir si nécessaire des lettres de recommandation. Ces démarches intéressaient Janey car on lui avait désormais confirmé qu'elle dirigerait le Programme l'année suivante. Elle attendait cela avec impatience – être débarrassée des réunions du comité et de la politique de l'université, vivre à Grasmere pendant douze mois. Après tout, cet endroit possédait une sorte de génie qui pouvait changer bien des choses pour un chercheur.

Janey n'avait pas trouvé Robbie au pub – Jim disait qu'il n'y allait presque plus –, et elle l'aborda donc un après-midi au moment où il terminait son service à Dove Cottage. Elle lui demanda s'il projetait d'aller se promener, et lui proposa de faire le tour de Grasmere avec elle. Elle devina que cette proposition ne correspondait pas à ce qu'il avait en tête, mais il accepta.

C'était une journée fraîche et brumeuse de la fin mai. Il y avait eu quelques jours de pluies torrentielles, et un paysage merveilleusement vert et moussu s'étendait devant eux. En quittant la route pour descendre jusqu'au lac à travers bois, ils découvrirent un sol jonché de fleurs – boutons d'or jaune vernis, dentelle bleu pâle de myosotis – parmi les chants et les gazouillis d'oiseaux invisibles.

Janey savait déjà comment progressaient l'édition du volume de Wordsworth et l'article sur lesquels Robbie travaillait – le premier assez bien ; le deuxième – en dépit de ses efforts et de ceux de Jim – avec la participation d'Horace Blow. Lorsqu'ils s'arrêtèrent sur la grève, elle lui demanda quels étaient ses plans pour l'automne suivant. Il aurait dû s'y attendre ; mais il avala sa salive et répondit qu'il n'y avait pas vraiment songé.

« Eh bien », dit-elle en essayant d'adopter un ton mi-jovial mi-sérieux, « vous feriez mieux de vous y mettre. »

Robbie ne sembla pas l'entendre.

« Regardez », dit-il, perdu dans la contemplation du pâle miroir chatoyant du lac où se reflétaient des nuages légers comme de la gaze, bleu et gris argenté.

« Oui, c'est très joli », répondit Janey en décidant de lui accorder un moment de répit. Devant la beauté du paysage, il était assez naturel que les jeunes diplômés – et souvent les moins jeunes – éprouvent un attachement romantique à l'égard de quelque sujet wordsworthien transcendantal. Pour elle, des années plus tôt, ç'avait été l'if de Lorton Vale. D'ordinaire, il s'agissait d'engouements anodins – pour un chemin particulier traversant les collines mentionné dans le journal du poète; pour les bois près de Grasmere inondés de jonquilles au printemps. Une fois ou deux, pourtant, un jeune chercheur avait confondu art et réalité, et s'était entiché d'une fille du cru aussi simple d'esprit et aussi fade que la Lucy de Wordsworth, telle que Janey se l'était toujours représentée.

Elle garda le silence le temps de compter jusqu'à vingt, puis reprit : « Comme je vous le disais, vous devriez réfléchir... »

Robbie ne répondit pas; il tourna impoliment les talons et partit à vive allure sur la berge schisteuse.

« Vraiment », cria-t-elle en courant presque pour le rattraper, et en mettant au passage le pied dans une flaque de boue froide. « Vous devez y pensez. Votre bourse universitaire s'achève en août. Vous devriez préparer votre avenir maintenant, pendant que nous pouvons vous aider. »

Robbie s'arrêta et la regarda par-dessus l'épaule de

son duffel-coat floconneux, avec une expression hostile et circonspecte.

« Ce que je veux, c'est rester ici, annonça-t-il.

– Je suis désolée, mais ceci est tout à fait hors de question », répondit Janey. Ce n'était pas tout à fait hors de question, pensa-t-elle au moment même où elle affirmait le contraire : ce jeune homme du Kansas, trois ans plus tôt...

« Je ne peux imaginer quitter Grasmere, déclara Robbie en semblant s'adresser à lui-même. J'appartiens à cet endroit. » Il secoua légèrement la tête puis reprit son chemin.

« Je comprends ce sentiment, surtout par une aussi belle journée », cria Janey en se frayant un passage à travers les franges jaune-vert d'un saule pleureur qui les surplombait, et en tentant de garder son calme. « Mais vous devez grandir et regarder les choses en face. »

Robbie avait dû l'entendre, mais il ne daigna pas répondre, ni même se retourner ; il continua son chemin comme s'il s'était trouvé seul. Janey le suivait péniblement, son pied droit pataugeant dans une eau froide et boueuse. Ce n'est pas hors de question, se dit-elle ; tu pourrais demander à Jim Stephens. Mais elle voyait déjà le sourire condescendant qui se dessinerait sur les lèvres de Jim si elle tentait d'intervenir. « Bien sûr qu'il veut rester, c'est plus facile que de trouver du travail », dirait-il, ou quelque chose dans ce genre. Et si elle insistait, plaidant en faveur de Robbie, Jim lui lancerait un regard qui signifierait clairement : Vous n'êtes qu'une faible femme sensible.

De plus, elle ne devait rien à Robbie, se dit-elle tandis qu'ils marchaient silencieusement en file indienne. Elle haletait à présent, essayant de garder la cadence ;

une joue lui cuisait à l'endroit où Robbie avait laissé les branches d'un autre saule lui fouetter le visage, et sa chaussure était pleine d'une boue glacée. C'était un jeune homme névrosé, indélicat, et s'il restait l'année suivante, lorsqu'elle dirigerait le Programme, elle devrait le côtoyer quotidiennement.

Le chemin longeant le lac s'achevait. Lourdement, Janey escalada la côte raide tapissée d'herbe jusqu'à l'endroit où Robbie attendait, près de l'échalier en bois. Elle s'arrêta un instant pour reprendre haleine et se ressaisir, puis franchit la clôture pour rejoindre la route vicinale menant au cottage de Robbie.

Malgré sa frustration et sa colère, Janey reconnaissait tout de même que le paysage avait la beauté d'une carte postale. L'étroite route était bordée de vagues vertes d'herbes folles dont les crêtes disparaissaient sous l'écume blanche du cerfeuil sauvage, et en contrebas, près du virage, paissait un mouton qui s'était échappé.

Janey ne fut pas surprise en le voyant. Si dans la région des lacs, les moutons font partie du décor, ils représentent également un fléau public, particulièrement dans les villages. Ils passent à travers les haies et errent dans les jardins – y compris celui de Dove Cottage –, détruisant fleurs et légumes; ils s'accrochent toujours dans les barrières et tombent dans les canaux d'évacuation.

Quand Robbie franchit l'échalier à la suite de Janey, il aperçut le mouton et jura à voix basse. « Encore dehors! » cria-t-il ensuite en s'élançant dans sa direction.

« Vilaine! » lui dit-il d'une voix tendre en s'approchant. « Bêê! » Il fit un écart et se précipita vers l'animal en agitant les bras pour le chasser vers la clôture entrouverte. La brebis partit en trottinant, de cette démarche mécanique et légèrement comique qu'ont les moutons, puis hésita et vira sur le côté. « Ah non, ma belle, n'y compte pas! » s'exclama Robbie en la guidant d'un coup de hanche et d'une petite tape.

« Bien », dit-il en fermant le portail sur lequel il s'appuya, les yeux fixés sur le pré escarpé où trois ou quatre autres moutons, portant tous la même marque rouge sur l'arrière-train, paissaient parmi des touffes d'ajoncs pointus aux fleurs dorées.

« Ils sont merveilleux, non? » demanda-t-il.

Janey ne répondit pas. Elle était toujours furieuse, hors d'haleine, et elle ne partageait pas cette opinion. Même si les moutons pouvaient sembler pittoresques vus de loin, de près, elle les trouvait laids. D'abord, ils étaient sales – ces tapis blancs duveteux qu'on trouvait dans les magasins de la région nécessitaient de gros efforts de nettoyage. Sur pied, la laine ressemblait à un tas de longues torsades albinos crasseuses, où s'accrochaient de la paille et des teignes, et où s'agglutinaient des excréments séchés à l'arrière. De plus, chaque fois qu'on voulait aller se promener ou pique-niquer, les moutons vous avaient toujours précédés. Partout où l'on souhaitait s'asseoir, le gazon avait été retourné par leurs sabots boueux, et jonché de leurs crottes semblables à des grappes de raisins brunes et graisseuses.

« Vraiment! Le propriétaire devrait être capable d'empêcher ces animaux stupides d'aller sur la route », s'écria-t-elle tandis que la brebis de Robbie rejoignait les autres en se dandinant.

« Pas celle-ci », dit Robbie qui mâchonnait un brin d'herbe tel un rustre de comédie. « Elle a toujours des ennuis. T'es très vilaine! Bêê! »

Devant la qualité de son imitation, non seulement sa

brebis, mais un ou deux autres moutons levèrent la tête et répondirent : « Bêê ! »

« Vous connaissez cette bête? demanda Janey.

– Plutôt, oui.

– Oh... Est-ce celle que vous avez sauvée l'hiver dernier?

– C'est elle. »

Janey connaissait l'histoire; tout le monde la connaissait. Tard, en rentrant de la bibliothèque par une soirée glaciale de février, Robbie avait entendu un mouton bêler misérablement. La plupart des gens auraient poursuivi leur chemin, mais lui, il avait descendu la pente bordant la route, et il avait découvert une jeune brebis coincée dans la boue et la glace brisée d'un fossé d'évacuation. Comme il ne pouvait dégager l'animal tout seul, il courut jusqu'à la ferme la plus proche, et avec l'aide du fermier, il parvint à tirer la brebis et à la ramener à son propriétaire.

Suite à cette bonne action, le Programme connut une grande popularité dans les environs, et Robbie aussi. Comme Jim Stephens l'avait fait remarquer à l'époque, il existait même un précédent, dans « Les Bergers paresseux » de Wordsworth, où un mouton tombé dans une ravine était secouru par un poète. Au Programme, ils n'avaient pas de poète sous la main, mais Robbie perpétuait tout de même la tradition. Sans doute était-il naturel de s'intéresser au bien-être de l'animal après cet incident, pensa Janey.

Le lendemain après-midi, Janey passa en revue la liste des jeunes chercheurs en compagnie de Jim. Lui aussi avait parlé à Robbie, et il lui avait suggéré différents emplois dans le secondaire auxquels il pourrait postuler, ainsi qu'un programme envoyant des enseignants en Afrique et en Inde. Jim pensait qu'à eux deux, ils en avaient fait assez.

Janey partageait son avis, mais se demandait secrètement si elle n'aurait pas pu montrer plus de persévérance, ou plus de tact. C'est sans doute la raison pour laquelle, quelques jours plus tard, elle invita Robbie à se joindre à elle et à un couple d'amis américains – Julian et Mary Ann Fenn – qui visitaient la région des lacs pour la première fois. Ils avaient loué une voiture et entendaient aller jusqu'à Derwentwater et Buttermere. Cette invitation montrerait à Robbie qu'elle s'inquiétait toujours à son sujet; de plus, sa connaissance approfondie de la région pourrait s'avérer intéressante pour les Fenn.

Ils eurent un temps incertain durant le voyage : venteux, avec des nuages lourds filant bas dans le ciel. Robbie aussi était d'humeur incertaine, alternativement volubile et silencieux. Bien qu'il leur indiquât quelques sites importants et leur tînt un discours passionnant sur l'histoire et la géologie locales, son attitude rendait Janey mal à l'aise. Il semblait non seulement déprimé, mais également critique – pas tant envers elle ou envers les Fenn, mais vis-à-vis de Wordsworth et de ses amis. À deux ou trois reprises, Robbie reprocha au poète de ne pas s'être rendu dans une certaine vallée, d'avoir confondu le nom d'un oiseau ou d'un buisson. Et assez souvent, lorsque Julian ou Mary Ann lui posait une question, il semblait ne pas l'entendre.

Cependant, tout se déroula relativement bien, sauf au moment où à Honister Pass, Mary Ann déclara combien il devait être triste et ennuyeux d'être un stupide mouton, sans rien d'autre à faire de sa journée que mâcher de l'herbe et attendre de se faire transformer en côtelettes ou raser comme un condamné.

Robbie se pencha par-dessus le dossier du siège. « Voilà une remarque bien ignorante, dit-il. Ces moutons qui vivent dans les montagnes sont loin d'être stupides, ils sont même plutôt intelligents. Ils peuvent survivre pendant plusieurs jours sous deux ou trois mètres de neige en mangeant leur propre laine. Et ils mènent une vie très agréable. On ne les tue pas pour leur viande, et ils ne détestent pas se faire tondre; ils l'apprécient au contraire, surtout par temps chaud. Vous comprendriez si vous l'aviez déjà vu faire », poursuivit-il, en parlant plus lentement. « Ils ne cherchent pas à se débattre : ils entrent dans une sorte de transe. » Il ne verrait aucun inconvénient à être lui-même un mouton, ajouta-t-il en comprenant peut-être qu'il s'était montré impoli et en tentant de faire une plaisanterie.

« Je crois que ça aurait quelques avantages, intervint Julian. Aucune responsabilité quant à la décadence du monde, grand choix de brebis. »

Cette réflexion les fit tous rire, sauf Robbie. Janey en comprenait la raison : l'un des principaux inconvénients que comportait le Programme aux yeux des chercheurs était le manque de compagnie féminine. Pour une raison inexpliquée, Wordsworth ne rencontrait pas une très grande popularité parmi les jeunes diplômées : il n'y en avait guère plus d'une ou deux chaque année. De fait, tous les automnes avait lieu une compétition dont les moins vindicatifs, comme Robbie, semblaient toujours absents.

Les Fenn durent se rendre compte de son silence, mais ce froid se dissipa. Ils passèrent un agréable moment autour d'une tasse de thé à Keswick, même si Robbie parla peu et ne daigna pas répondre lorsque Julian s'enquit de ses projets pour l'année suivante.

Au retour, ils empruntèrent un itinéraire différent pour que les Fenn puissent voir Castlerigg Stone Circle. Censé être l'œuvre des druides, ce monument n'offre pourtant pas grand-chose au regard, hormis un cercle de pierres grises bosselées s'élevant au milieu d'un pré grossièrement fauché. Mais il jouit d'un site spectaculaire, en plein cœur d'un amphithéâtre naturel de plateaux dégagés cernés de pics impressionnants.

Julian Fenn se gara sur la route près de la barrière où un panneau vert taciturne annonçait qu'en dépit des fouilles pratiquées à l'intérieur du cercle, « très peu avait été découvert », puis ils grimpèrent la faible côte qui menait jusqu'aux pierres. Elles paraissaient plus grandes que dans les souvenirs de Janey, et la ronde rapide du soleil et de l'ombre au-dessus de la vallée leur conférait un air étrange – elles semblaient bouger, marcher dans les hautes herbes rêches.

Trois ou quatre autres touristes se promenaient, et quelques jeunes d'apparence négligée, randonneurs ou hippies, campaient à proximité. L'un d'eux, un grand jeune homme maigre avec une queue de cheval blonde, était assis en tailleur derrière la plus grosse pierre, les yeux clos.

« Que fait-il ? murmura Mary Ann.

– Il médite, j'imagine », répondit Janey. Elle fit un pas en direction de la pierre. De forme oblongue, elle était parsemée de minuscules fleurs de lichen entremêlées, rouge pâle et légèrement dorées ; à son sommet, dans une sorte de cavité peu profonde, s'entassaient des bijoux fantaisie et quelques pièces de monnaie.

« C'est une pierre à vœux », dit une voix derrière eux. Elle appartenait à une autre hippie, une jeune fille rondelette et peu soignée vêtue d'une longue jupe de bohémienne dépenaillée.

« Une pierre à vœux, vraiment? » Mary Ann se retourna. « Comment ça marche?

– Facile. Tout ce que vous avez à faire, c'est mettre quelque chose de valeur sur la pierre et faire votre vœu.

– Je n'ai jamais entendu parler de cette coutume », intervint Janet, sceptique. « Et vous Robbie? »

Il secoua la tête.

« Eh bien, je vais quand même faire un vœu », déclara Mary Ann. Elle se mit à fourrager dans son sac en tapisserie.

« Allons, chérie, dit Julian en prenant sa femme à part. Tu ne vas pas faire ça.

– Pourquoi pas? » Mary Ann brandit une pièce de cinquante pences. « Je vais souhaiter qu'il fasse beau pendant le reste de notre séjour.

– Mais c'est une escroquerie, chérie. Ce n'est pas une tradition populaire, sinon Robbie en aurait entendu parler. Et même si c'était le cas, tu ne vas tout de même pas croire qu'une grande main va descendre du ciel pour venir ramasser tes cinquante pences. Ce type va juste aller se payer une bière avec.

– Je m'en fiche, rétorqua Mary Ann. Cette idée me plaît. » Elle traversa le pré d'un pas traînant et lâcha sa pièce qui tinta clairement au milieu d'un silence plutôt inconfortable. Le hippie qui méditait ne bougea pas.

Quand Mary Ann revint, Julian s'était remis à parler, mais comme les autres, il semblait distrait par Robbie qui se dirigeait à grands pas vers la pierre à vœux, en serrant quelque chose dans une main. Lorsqu'il plaça l'objet dans le creux, Janey vit qu'il s'agissait de sa montre digitale. Ce n'était pas une montre très chère, mais par rapport au salaire que lui donnait le Programme, elle représentait un investissement considérable.

Il resta là-bas un moment, puis revint. Derrière et autour de lui, les pierres gris clair, sur lesquelles couraient des ombres grises plus sombres, paraissaient encore en léger mouvement. Des ombres vacillaient également sur Robbie, déformant son visage et ses vêtements à tel point que l'espace d'un instant, il parut bossu, difforme. Janey eut le sentiment que quelque chose clochait; qu'il venait d'accomplir un acte mauvais, voire dangereux. Elle ouvrit la bouche pour protester, puis se commanda de se ressaisir et referma la bouche. Si Robbie voulait faire un vœu – sans aucun doute pour obtenir l'un des postes dont Jim Stephens lui avait parlé –, cela ne la regardait pas.

Le lendemain matin, les Fenn partirent pour Carlisle et la côte; ils repasseraient par Grasmere trois jours plus tard pour emmener Janey à Londres. Durant ces trois jours, il fit le temps le plus magnifique qu'elle eût jamais vu dans la région, mais personne n'y prêta grande attention. Le Programme tout entier était en effervescence : Robbie McEwen avait disparu.

Après coup, Janey se souvint qu'il avait paru particulièrement préoccupé et réservé en revenant à Grasmere, et personne ne l'avait revu depuis qu'ils l'avaient déposé à son cottage. La police effectuait des recherches, aidée de presque tous les grimpeurs amateurs de la région, et même d'un hélicoptère survolant les collines.

Tout le monde supposait que Robbie était parti faire une longue promenade après le souper, comme il le faisait désormais pratiquement tous les soirs. Ensuite, il avait eu un accident : il avait perdu l'équilibre sur les pierres branlantes d'un éboulis, ou bien marché dans un terrier de lapin et il s'était cassé une jambe.

C'est ce que pensaient la plupart des gens. Janey, elle, avait une autre idée dont elle ne parlait pas, mais qui lui trottait dans la tête de façon obsédante. Elle pensait que Robbie avait peut-être décidé d'aller se suicider pour ne pas avoir à quitter Grasmere. Dans ce cas, se dit-elle, il aurait été plus rationnel d'attendre le mois d'août, mais le suicide n'est pas un acte rationnel. Ceci expliquerait pourquoi on ne l'avait pas retrouvé : il connaissait assez bien la région pour y repérer une fondrière ou un ravin capable de dissimuler définitivement un corps. Elle dormait mal; elle voyait sans cesse le cadavre enflé de Robbie dans la boue et les herbes d'un petit lac de montagne, ou estropié au fond d'une crevasse sombre parmi les pics rocheux.

Janey tenta de se raisonner et d'oublier ces visions, mais elle fut tout de même soulagée lorsque les Fenn revinrent à Grasmere, et que Julian proposa une autre explication : Robbie s'était « fait la malle », comme il disait.

Elle jugeait cette hypothèse peu probable, car Robbie avait laissé tout ce qu'il possédait, y compris ses vêtements, son portefeuille et l'argent sur son compte en banque. Non pas qu'il y eût grand-chose dessus : il s'avéra en effet qu'il avait un découvert de près d'un millier de livres.

« Eh bien, ça confirme ma théorie, dit Julian. Bien sûr qu'il a laissé ses affaires! Il voulait faire croire à tout le monde qu'il était mort. Il a probablement traversé les collines pour atteindre un village quelconque, à une trentaine de kilomètres d'ici, où il a déjà un nouveau nom et un nouveau compte en banque.

– Je ne crois pas que ce soit l'explication, dit Mary Ann. Je crois que Robbie est toujours là, mais que nous ne pouvons pas le reconnaître. Vous vous souvenez de l'autre après-midi, au cercle de pierres? Eh bien, je pense qu'il a souhaité pouvoir rester à Grasmere, comme tu nous l'as dit; alors, la pierre à vœux l'a transformé en mouton.

– Chérie, protesta Julian en souriant.

– Il a dit qu'il aimerait bien être un mouton, je m'en souviens, insista Mary Ann avec un petit rire. Et la pierre à vœux a fonctionné pour moi, tu sais. Nous avons eu un temps merveilleux ces derniers jours. » Elle désigna le ciel, resté d'un bleu azur sans nuage toute la journée, et qui virait maintenant à un bleu indigo également sans nuage. « Je suis sûre que c'est ce qui lui est arrivé. »

Ils rirent tous ensemble et passèrent à autre chose, mais la remarque idiote de Mary Ann s'insinua dans l'esprit de Janey. Elle passa une autre mauvaise nuit; et, dans l'état de confusion et de crédulité où l'on glisse parfois durant de longues insomnies, elle se souvint de la réflexion faite par la jeune femme partie si brusquement l'année précédente. Elle avait déclaré que l'endroit était tellement envahi de professeurs et de moutons qu'on ne les distinguait plus les uns des autres.

Janey songea à Keats, qui s'était imaginé dans la peau d'un moineau, ainsi qu'à Wordsworth, comparé vers la fin de sa vie à un vieux mouton – et tout à coup, au milieu de la nuit, tout sembla concorder. Elle pensait même savoir où se trouvait Robbie à présent, s'il s'était changé en mouton.

Ces idées lui paraissaient ridicules, mais elle ne pouvait se les sortir de la tête et s'endormir. Elle s'extirpa d'un tas informe de couvertures et de draps fripés, puis avala un somnifère, mais il ne fit que l'étourdir et l'embrouiller. Elle essaya ensuite de compter les moutons, ce qui fut pire, car ils avaient tous la tête de Wordsworth et de sa famille, ou des différents membres du Programme; l'un d'eux avait même son propre visage.

Dès le point du jour, Janey enfila ses vêtements et sortit. Elle emprunta la route principale à travers le village endormi, puis, en atteignant la clôture que Robbie avait refermée, elle leva les yeux vers la colline voilée d'une brume grise et froide; il lui sembla alors qu'il y avait dans le pré plus de moutons que la fois précédente. Mais bien sûr, cela ne prouvait rien.

Elle s'appuya contre le rondin du haut que le temps avait fait éclater, et cria : « Bêê ! ». Son imitation, beaucoup moins convaincante que celle de Robbie, laissa les moutons indifférents; ils ne levèrent même pas la tête.

« Bêê ! » essaya-t-elle à nouveau. « Bêêê ? »

La plupart des animaux continuèrent à mâchonner l'herbe en la déchirant de leur mouvement latéral caractéristique; mais un jeune bélier qui paissait un peu plus en amont tourna la tête dans sa direction, et la regarda par-dessus son épaule crêpelée et emmêlée, avec une intensité qu'elle n'avait jamais vue chez un autre mouton.

« Bêê ! » répondit-il brièvement.

Janey lui rendit son regard, se demandant ce qu'il faisait là : en général, on séparait les béliers et les brebis jusqu'à la période de reproduction, en novembre. Il ressemblait exactement aux autres moutons : épaisse laine terne jaunâtre, cornes grises cannelées recourbées vers l'intérieur, longue tête pâle étroite, yeux couleur réglisse; mais il ne portait aucune marque rouge sur l'arrière-train.

« D'accord. C'est moi, l'imaginait-elle en train de bêler. Qu'est-ce que vous allez y faire? »

C'est la fin de cette histoire, sauf que Robbie McEwen ne fut jamais retrouvé, ni vivant ni mort; et que ce matin-là, en faisant ses bagages, Janey décida de ne pas diriger le Programme Wordsworth à Grasmere, ni l'année suivante ni une autre. On pourrait également ajouter que ce jour-là, au moment même où elle et les Fenn quittaient le comté de Cumbria pour entrer dans le Yorkshire, le charme de Mary Ann maintenant le beau temps se brisa et, durant le mois suivant, il n'y eut que pluie, brouillard et bruine, sur tout le nord de l'Angleterre.

Dans l'ombre

Celia Zimmern était à peu près la dernière personne que les gens – à commencer par elle – auraient crue susceptible de voir un fantôme. Aux yeux des autres femmes travaillant à l'ambassade américaine de Londres cette année-là, elle semblait presque anormalement froide et rationnelle. Rien ne la bouleversait jamais, ou – d'après ce qu'elles pouvaient constater – ne l'excitait véritablement.

Celia ne paraissait pas même excitée par l'effet incontestable qu'elle produisait sur les hommes – une indifférence anormale, d'après ses collègues, qui ne voyaient vraiment aucune explication à un tel succès. Elle n'était pas belle, seulement assez jolie : mince, petite, avec un halo de cheveux gaufrés couleur de chêne sombre et des yeux d'une teinte plus claire, frangés de cils si longs, si épais, que certaines les croyaient faux. Son attitude n'avait rien de provocant ou d'aguichant, et elle s'habillait toujours de façon discrète. La plupart des gens ne s'apercevaient pas que le tailleur en laine fauve de Celia était un Chanel dégriffé, et que sa robe en crêpe bleu marine venait de chez Jean Muir; ils remarquaient juste qu'elle portait tout le temps les mêmes vêtements.

Celia préférait une telle monotonie. Sa seule faiblesse, elle le savait, consistait à vouloir le meilleur sinon rien. Malheureusement, le meilleur s'avérait souvent cher, et de fait, non seulement sa garde-robe, mais aussi son minuscule appartement élégant de Knightsbridge étaient presque vides. Elle aimait mieux grelotter toute la journée plutôt que de porter un pull en synthétique bon marché, s'asseoir sur un coussin afghan, ou même sur son parquet impeccablement ciré, plutôt que sur un transat en plastique. Sa thésaurisation s'accomplissait de façon si fastidieuse qu'elle s'apparentait souvent à de l'ascétisme. Mais quiconque aurait observé Celia dans un magasin, en train de caresser une jupe en daim beige ou de sortir une pêche parfaite de son papier vert, en aurait jugé différemment.

Celia n'exhibait pas son bon goût – ni aucun autre penchant. Au travail, surtout, elle adoptait un profil très bas; elle préférait emmagasiner des informations plutôt qu'en délivrer. Elle n'avait jamais compris pourquoi la plupart des gens s'efforçaient consciemment de répéter des faits, des anecdotes et des opinions qu'ils connaissaient déjà. Alors qu'en écoutant attentivement, on risquait d'entendre quelque chose d'intéressant, ou même d'utile.

Devant des manières si effacées, les visiteurs supposaient souvent que l'ambassade l'employait à quelque modeste travail d'écritures. En fait, Celia était diplomate de carrière, et elle occupait un poste à responsabilités au bureau des renseignements. Sous son attitude d'attention polie à l'égard des affaires en cours se dissimulaient une intelligence et un pouvoir de décision hors du commun.

Si parmi les collègues de Celia, quelques-unes la trouvaient aussi démunie en matière d'esprit que de vêtements, la plupart d'entre elles l'aimaient, et même, l'admiraient. De leur point de vue, son seul défaut était d'attirer trop d'hommes et de continuer à sortir avec des types auxquels elle ne s'intéressait pas sérieusement, de les accompagner constamment au restaurant, à l'opéra, au théâtre et au cinéma. Elle frisait la trentaine ; pourquoi ne jetait-elle pas son dévolu sur un garçon afin de laisser une chance aux autres ? C'était injuste. « À mon avis, elle ne couche même pas avec la plupart d'entre eux », avait déclaré une jeune employée irritable du bureau des visas, en traitant Celia de « louve dans la bergerie ».

Celia, elle, se montrait modeste et un peu cynique à l'égard de sa réussite sociale. Elle savait que ce qui attirait et captivait principalement les hommes était son aptitude à les écouter, un don lui permettant également d'apaiser les officiels énervés et de calmer les journalistes impatients. Capable de concentrer toute son attention sur la personne avec qui elle se trouvait, elle pouvait la laisser parler longuement sans jamais l'interrompre par des opinions personnelles. « C'est très intéressant », disait-elle quand le monologue tarissait, « Dites-m'en plus », ou encore « Vraiment ! Je ne m'en serais jamais doutée ».

Ce qui la surprenait toujours, c'était qu'aucun des hommes qu'elle connaissait ne comprenait son jeu. Ils ne s'étonnaient nullement de sa sensibilité spontanée, comme s'ils avaient eu affaire à une intelligence artificielle supérieure. Dans l'intimité, il lui arrivait parfois de se comparer à ces programmes informatiques capables de pratiquer une psychothérapie et même de provoquer un transfert affectif. Un phénomène semblable se produisait chez tous les hommes avec lesquels Celia sortait plus d'une ou deux fois : un sentiment d'amour et de confiance, et la conviction qu'elle partageait entièrement tous leurs points de vue. Et si forte était cette conviction que bien souvent, même quand Celia refusait de passer à l'acte, ils voulaient continuer à la fréquenter, monopoliser son attention pour la vie.

Celia savait pertinemment que ses amies souhaitaient la voir arrêter son choix sur un homme, et qu'elle avait vingt-neuf ans. Même dans l'optique de sa carrière, le mariage était recommandable. À cet égard, elle songeait très souvent à un économiste nommé Dwayne Mudd. Ce grand et beau jeune homme possédait de nombreuses qualités : bonnes manières, appétit sexuel, compétences professionnelles, et envie d'avoir des enfants, entre autres. Lorsqu'elle avoua à ses amies que Dwayne envisageait de l'épouser, elles lui répondirent qu'elle ne pouvait guère mieux tomber. Il était parfait.

Elles avaient raison : titulaire d'une bourse d'études à Oxford, issu d'une famille du Middle West influente dans les milieux politiques, ex-athlète de haut niveau, diplômé de Dartmouth avec les félicitations du jury, ancien étudiant de l'école de droit de Yale, Dwayne avait de brillantes perspectives d'avenir devant lui. Alors, pourquoi, lorsqu'elle imaginait être sa femme, éprouvait-elle surtout un sentiment d'implacable dépression? Était-ce seulement dû à son nom ridicule *?

Ou bien cette sensation avait-elle un rapport avec le

* « Mud » signifie « boue ». *(N.d.T.)*

fait que Dwayne semblait estimer lui faire une faveur en sortant avec elle ? Quand il lui disait qu'il la trouvait vraiment très jolie, qu'elle ferait une épouse idéale pour un diplomate ou un politicien, elle avait l'impression qu'il cherchait à se réconforter. Il s'excusait de ne pas avoir choisi une femme plus riche et plus belle ; et par-dessus tout, une femme qui ne venait pas d'une famille en vue du Middle West, car en politique, comme il l'avait une fois fait remarquer, avoir une épouse possédant de bonnes relations représentait un gros avantage.

Lorsque Celia déclara à Dwayne qu'elle n'accepterait sans doute jamais de l'épouser, il fit la sourde oreille. « Tu ne peux pas parler sérieusement, chérie », lui répondit-il. Et malgré l'insistance de Celia, il continua à prendre sa répugnance pour de la coquetterie. « Tu changeras d'avis, dit-il en souriant. J'ai tout mon temps. »

Elle avait beau se répéter qu'elle pourrait difficilement trouver mieux, Celia se sentait de plus en plus décidée à ne pas céder. En privé, maintenant, elle le surnommait le wombat ; pas seulement à cause de sa passion pour l'Australie, où il avait travaillé précédemment, mais à cause de ses cheveux duveteux coupés court, de ses larges mains poilues, de sa charpente solide et de sa ténacité.

D'habitude, Celia dissimulait sa contrariété grandissante à l'égard de Dwayne, mais celle-ci faisait parfois surface. Un jour, par exemple, il l'avait appelée quatre fois à son bureau, simplement pour lui dire qu'il pensait à elle et à ce qu'il appelait « la nuit dernière ».

« Il doit être très amoureux de vous », lui dit Crystal, la secrétaire de son patron, une jeune femme romantique aux traits doux.

« Dwayne est un sentimental, répondit Celia. Il a dû lire quelque part que les femmes aimaient ce genre d'interruptions permanentes. »

Quelques jours plus tard, une corne d'abondance remplie de boutons de roses rose bonbon apparut sur son bureau à l'heure du déjeuner.

« Oh, c'est adorable ! s'exclama Crystal.

– Oui. Peut-être, dit Celia. Mais j'estime que lorsqu'on veut acheter des fleurs, on va chez un fleuriste. Tout ce qu'on trouve sur les stands à la sortie du métro meurt toujours avant d'arriver à la maison. » Elle tint le cornet de papier froissé horizontalement, si bien que les tiges souples, décorées de nœuds de soie froufroutante également rose et froissée, piquèrent du nez.

« Mais c'est l'intention qui compte, non ? » demanda Crystal.

Celia, d'avis contraire, ne chercha pas à la contredire.

« Vous savez à quoi ça me fait penser, les fleurs comme ça ? À ces parapluies de pacotille qu'ils vendent en solde au même endroit, devant la station de Bond Street. Eux non plus ne s'ouvrent jamais comme il faut, et ils partent en morceaux rapidement.

– Elles sont jolies, pourtant, vous savez. » Crystal regarda les roses d'une façon qui poussa Celia à lui demander : « Vous les voulez ?

– Oh, oui ! Merci. » Crystal appliqua le cornet de fleurs contre son chemisier à dentelle et enfouit son nez dans leur léger parfum.

« Je crois que Dwayne veut toujours vous épouser, dit-elle enfin en expirant.

– Oui. » Celia laissa échapper un petit rire gêné. « Mais c'est impossible. Je ne pourrais jamais me marier avec un homme qui s'appelle Dwayne Mudd. Imaginez les conséquences : une vie entière à entendre de mauvaises plaisanteries.

– Vous pourriez garder votre nom de jeune fille. Beaucoup de femmes le font aujourd'hui.

– Oui, mais ça ne m'empêchera pas d'être sa femme, et d'avoir à entendre les plaisanteries. Tenez, par exemple, Dwayne m'a avoué un jour qu'à l'école primaire, on le surnommait *Muddy Drain* *. »

Crystal ricana.

« Mais il doit croire qu'il a toujours une chance, dit-elle. Après tout, vous le voyez toujours. Et vous portez toujours la montre en or de sa mère.

– Oui », admit Celia. Elle leva sa main fine, admirant à nouveau l'exquise montre fabriquée par Cartier dans les années 30, avec son bracelet en mailles dorées et son minuscule cadran oblong élégamment gravé de chiffres romains. « Mais c'est seulement un prêt, vous savez. J'ai promis de la lui rendre le jour où il trouverait quelqu'un d'autre à épouser.

– Il ne trouvera jamais quelqu'un d'autre, si vous continuez à l'encourager à vous faire la cour.

– Je ne l'encourage pas, protesta gentiment Celia.

– C'est pourtant bien ce que vous devez faire, sinon, il ne vous tournerait plus autour. Il se trouverait une autre petite amie. Je crois sincèrement que vous devriez lui rendre sa montre, et lui dire que vous ne voulez plus le voir. » La voix de Crystal tremblait légèrement.

« Mais je veux continuer à voir Dwayne », dit Celia en souriant, sans s'offenser pour autant – en fait, Crystal ne l'avait jamais vue offensée. « Il est d'agréable compagnie, et il sait pas mal de choses sur l'économie

* « Égout boueux. » *(N.d.T.)*

internationale et le Marché commun. Je ne veux pas l'épouser, c'est tout. Il le sait.

– Je ne crois pas », dit Crystal; répondant déjà au nom délicat de Freeplatzer, elle se sentait capable d'affronter une vie entière de mauvaises plaisanteries si jamais elle venait à prendre celui de Mudd. « Mais j'imagine qu'il comprendra en temps utile. »

Ou bien Crystal se trompait, ou bien Dwayne Mudd n'eut pas assez de temps pour comprendre. Il courait toujours après Celia lorsque deux mois plus tard, en rentrant d'une soirée avec – comme on le découvrit plus tard – trois grammes quatre d'alcool dans le sang, il enfila une rue en sens inverse dans Belgravia, et emboutit fatalement un gros camion.

Selon certains, Celia ne prit pas la nouvelle aussi mal qu'elle aurait pu la prendre – qu'elle aurait dû la prendre, dit quelqu'un durant le déjeuner à la cantine.

« Je ne crois pas, protesta loyalement Crystal. Je sais que Celia a été vraiment très éprouvée par ce qui est arrivé à Dwayne.

– Oui, comme tout le monde. Je ne dis pas qu'elle n'est pas aussi triste que nous. Mais elle devrait l'être plus. Après tout, elle sortait avec lui.

– Oui, mais elle sortait avec beaucoup d'autres types. Trois, au moins. »

Les amies de Crystal approuvèrent. Oh ça, elles le savaient!

« Je ne comprends pas comment elle arrive à faire comme si de rien n'était. Comme si elle s'en moquait. »

Celia ne s'en moquait pas, pensa Crystal. Elle portait toujours la montre en or ayant appartenu à la mère de Dwayne; n'était-ce pas une preuve?

En effet : Celia portait toujours sa montre. Après la mort de Dwayne, elle s'était demandé si elle ne devrait pas la renvoyer – mais à qui ? Dwayne n'avait ni frère ni sœur ; il lui faudrait demander à l'ambassade le nom de ses héritiers légaux, ce qui l'obligerait à tenir en public le rôle embarrassant et hypocrite de la petite amie affligée. Dwayne avait peut-être une cousine susceptible de vouloir la montre, mais une telle éventualité semblait peu probable. La plupart des gens – et en particulier, des habitants de l'Iowa, rectifia mentalement Celia en écartant bien vite cette idée qu'elle jugeait snob – ne sauraient pas l'apprécier. Ils la trouveraient démodée et peu commode ; ils lui préféreraient sûrement la dernière Rollex à quartz clinquante qui affichait la date et l'heure de Hong-Kong. Et de toute façon, Dwayne n'aurait-il pas voulu la lui voir garder, s'il avait su... ?

Un mois plus tard, comme si le destin avait fini par exaucer les amies de Crystal, Celia se retira brusquement de la compétition, non pas en acceptant d'épouser un autre de ses prétendants, mais en demandant une mutation. Ce qui surprit tout le monde fut le choix de sa destination : un petit pays chaud de l'Afrique occidentale sans aucune importance politique.

« Bien sûr, c'est un poste à responsabilités : attaché aux affaires culturelles », révéla à ses amies une secrétaire du département, plus tard à la cantine. « Et le salaire est bon, car il s'agit d'un poste difficile.

– Oui, mais tout de même ! Le Goto ! s'exclama Crystal.

– Je sais. Personne n'en a jamais entendu parler. Mon patron a dit à Celia que si elle voulait bien patienter un peu, il lui trouverait sûrement beaucoup mieux.

Mais Celia a répondu qu'elle voulait partir dès que possible. Je ne comprends pas.

– C'est peut-être à cause de Dwayne Mudd, suggéra une autre jeune femme. Elle n'arrive peut-être pas à l'oublier en restant à Londres. Ou alors, elle se sent coupable.

– Je ne sais pas, dit Crystal. Éprouver de la culpabilité ne lui ressemble pas. »

Quoi qu'il en soit, pensa-t-elle plus tard, Celia avait très certainement quelque chose en tête. Elle agissait de manière distraite, semblait préoccupée... Avait-elle fini par se rendre compte qu'elle était amoureuse de Dwayne ?

« Je crois savoir pourquoi vous avez demandé votre mutation, déclara Crystal durant le déjeuner d'adieu auquel Celia l'avait invitée. C'est à cause de Dwayne Mudd. »

Celia sursauta. On aurait dit qu'elle avait touché un appareil électrique défectueux.

« Comment l'avez-vous su ? » demanda-t-elle à mi-voix en jetant un coup d'œil circulaire dans le restaurant comme s'il avait été plein d'agents secrets. « Enfin, qu'est-ce qui vous fait dire ça ? se reprit-elle en retrouvant son calme.

– C'est... Eh bien, cet air un peu tendu que vous avez depuis sa mort. Je me suis dit que vous pensiez peut-être toujours à Dwayne, et que vous... vous imaginiez le voir un peu partout dans Londres.

– Oui », dit Celia après un silence considérable. Elle baissa sa fourchette, piqua une tranche de concombre, la leva. « Pas partout, ajouta-t-elle à l'attention du concombre. Je le vois seulement à certains moments... Chaque fois que je suis, euh, avec quelqu'un d'autre.

– Vous voulez dire, dans votre tête », rectifia Crystal en remuant sa salade à la recherche de morceaux de crevettes dissimulés.

« Quoi ? » Celia baissa à nouveau sa fourchette.

« Je veux dire... enfin, vous ne voyez pas vraiment Dwayne ? Pas comme s'il s'agissait d'une apparition spirituelle ? » Crystal se pencha en avant, la bouche entrouverte.

« Oh, non ! Bien sûr que non », mentit Celia. Elle se souvint que Crystal, quoique raisonnablement discrète, était la fille de spirites d'une petite ville, et éprouvait un restant de fascination pour leurs croyances.

Pourtant, Celia voyait bel et bien Dwayne Mudd, ou quelque chose qui lui ressemblait beaucoup. La plupart du temps, il lui apparaissait sous la forme d'une image grise, semi-transparente et floue, imprimée sur le décor environnant, tel un fax dont l'utilisateur aurait oublié de changer le ruban. Il n'était pas toujours présent, seulement très occasionnellement – seulement, s'aperçut-elle après une semaine, lorsqu'elle se trouvait en tête à tête avec un homme.

La première fois qu'elle vit Dwayne, Celia était dans un taxi en compagnie d'un jeune banquier, séduisant mais un peu bête. Quand il se pencha pour l'embrasser, elle crut voir, ou aperçut réellement, une forme ressemblant à Dwayne Mudd assis sur le strapontin. Elle se redressa brusquement, et la forme disparut.

C'était le crépuscule, il pleuvait, et Celia mit cette illusion d'optique sur le compte de la pénombre humide. Mais elle eut du mal à se remettre en train avec le banquier, et en arrivant devant son appartement, à Knigthsbridge, elle consulta sa petite montre en or, s'exclama qu'il était très tard, et ne l'invita pas à entrer.

Ce fut pire à la deuxième apparition de Dwayne, car il faisait grand jour. Celia était sortie faire une promenade dominicale avec un avocat-conseil américain prénommé Mark. Assis dans un petit bois au sommet de Hampstead Heath, ils admiraient à travers un bosquet de vieux hêtres un paysage digne d'un tableau de Constable : de hauts cumulus planant au-dessus de prés pentus tapissés d'herbe et de fleurs. Celia venait de déguster un excellent déjeuner et d'apprendre plusieurs détails intéressants sur les cas de poursuite en diffamation ; elle se sentait satisfaite, sereine. Mais quand Mark l'enlaça pour caresser son épaule nue, l'ombre grise du wombat apparut en tremblotant sous les branches d'un arbre voisin. Cette fois-ci, ce qu'elle voyait semblait difficilement explicable par une illusion d'optique : il s'agissait sans conteste de l'image bidimensionnelle d'un homme ; elle n'était plus grise à présent, mais légèrement teintée, comme une photographie en noir et blanc colorisée.

« Que se passe-t-il ? demanda Mark en la voyant sursauter et en suivant son regard fixe.

– J'ai entendu un coup de tonnerre, improvisa Celia. Nous ferions mieux de rentrer, ou nous allons nous faire tremper. »

Quand Mark, à l'évidence très déçu et plutôt furieux, l'eut raccompagnée à son appartement – où il ne fut pas invité –, Celia se servit une vodka-pamplemousse et s'assit pour réfléchir à la situation.

Elle refusait d'envisager l'hypothèse de Crystal selon laquelle elle se trouvait confrontée à une « apparition spirituelle », autrement dit, à un fantôme. Non seulement les fantômes n'existaient pas, mais le simple fait d'y croire était synonyme de mauvais goût ; de telles croyances allaient de pair avec la musique New Age planante, la manipulation de cartes de tarot graisseuses, et la recherche de ses vies antérieures, qui comme par hasard correspondaient toujours à celles de personnages riches ou célèbres.

Non, il ne s'agissait pas d'un fantôme. Elle préférait se dire que la mort de Dwayne la hantait psychologiquement, même si consciemment, elle ne lui inspirait qu'une tristesse modérée et – car Dwayne était devenu assez pénible durant le dernier mois – un léger soulagement.

Mais dans mon subconscient, il doit se passer autre chose, se dit Celia. Je dois croire que si j'avais accepté de l'épouser, il ne serait pas mort. Une partie de moi, irrationnelle et puérile, doit penser que si je l'avais accompagné à ce dîner guindé, il n'aurait pas trop bu et n'aurait pas eu d'accident. C'est ce qu'il voudrait probablement que je pense s'il était en vie.

Ne fais pas l'imbéCile, se commanda-t-elle durement, en ajoutant une majuscule à cet adjectif qui lui avait servi de surnom dans son enfance * – illustrant peut-être ainsi la loi des contraires, car s'il y avait une chose que Celia n'avait pas été depuis fort longtemps, c'était bien imbécile. Ces sottises à propos de Dwayne sont une simple invention de ton côté névrosé. Tu devrais peut-être consulter un psy.

Mais presque aussitôt, Celia écarta cette idée. Comme elle ne pouvait s'offrir une thérapie, il lui faudrait passer par le service médical de l'ambassade. Et quand quelqu'un effectuait ces démarches, on le consignait dans son dossier une fois pour toutes. Bien sûr, personne n'était censé savoir ce que contenaient ces dossiers; mais souvent, les gens l'apprenaient, car il fallait bien les classer.

* « Silly », qui signifie « imbécile » en anglais, est également l'homonyme du diminutif de « Celia ». *(N.d.T.)*

Et quand vous demandiez une promotion, ce genre d'indication refaisait toujours surface. À ce moment-là, même les problèmes mineurs – insomnie, par exemple, ou phobie des avions – pouvaient nuire à votre carrière. Et dans son cas, il ne s'agissait pas d'un problème mineur : elle souffrait de ce qu'un psy qualifierait d'hallucinations. Peut-être même développait-elle une psychose caractérisée.

Celia, qui n'avait jamais remis en cause son équilibre mental, commençait à se sentir déprimée, voire effrayée. Mais elle possédait un courage et une détermination considérables. La seule chose à faire, décida-t-elle, était d'ignorer ces hallucinations et de se dire qu'elles finiraient par disparaître.

L'occasion de vérifier cette théorie se présenta le week-end suivant. Celia préparait le déjeuner pour un ex-amant américain, un peintre prénommé Nat. Elle savait tout comme lui que ce repas se finirait probablement au lit, en souvenir du bon vieux temps. Mais pendant qu'elle ajoutait de la crème fraîche à sa vichyssoise, Nat s'approcha d'elle par-derrière et la prit dans ses bras; aussitôt, la forme grisâtre de Dwayne réapparut, glissant sur le mur éclairé de soleil parmi les ombres du lierre suédois. Et au moment où Nat lui caressa le sein droit, la forme sembla s'assombrir.

« Non, s'écria-t-elle.

– Désolé, ma puce. » Nat sourit. « D'accord, je te laisse tranquille pendant que tu fais la cuisine. »

L'ombre vacilla, s'estompa. Mais elle réapparut après le repas, quand Celia se leva pour débarrasser la table.

« Tu m'as manqué, dit Nat en se levant aussi et en la regardant dans les yeux.

– Oui. »

Ils s'avancèrent l'un vers l'autre, puis, enlacés, marchèrent jusqu'à la chambre. L'image de Dwayne les suivit de pièce en pièce, courant sur les murs et les meubles.

En se renversant sur le lit, Celia ferma délibérément les yeux. « Wombat, tu veux regarder? Eh bien, regarde ! » lui dit-elle dans sa tête, où sans aucun doute il se trouvait.

Comme si elle avait parlé tout haut, une voix – la voix de Dwayne Mudd, quoique plus plate à présent, moins vivante (morte, en fait) – répondit :

« *Un sale type, ce gars avec qui tu es. Au sens premier du terme. Il n'a pas pris de douche depuis jeudi.* »

Au prix d'un effort considérable, Celia réussit à ne pas regarder autour d'elle et à ne pas ouvrir les yeux. De toute évidence, Nat n'avait rien entendu, car il continuait à l'embrasser avec ardeur. Elle coopéra, le serrant contre elle, mais à présent, ses cheveux châtain clair avaient une odeur – imaginaire? – de vieille térébenthine.

« *Tu aimes la crasse et la peinture? Regarde ses mains*, reprit la voix de Dwayne. *Et attends de sentir depuis combien de temps il porte ses chaussettes.* »

Tu mens, pensa Celia, mais malgré elle, elle regarda la main de Nat qui lui ôtait son pull en soie Nicole Farhi. Une tache vert anis lui couvrait les phalanges, et ses ongles carrés étaient noirs. Et quand en dépit de ses résolutions, elle leva les yeux, elle vit l'ombre de Dwayne Mudd assise dans son fauteuil de bureau. Pour une raison irrationnelle, peut-être parce qu'il était l'œuvre de son imagination, elle se sentit profondément gênée de savoir que lui, vêtu de pied en cap, la voyait allongée, nue sur le lit.

Si la scène qui s'ensuivit fut sans aucun doute une réussite pour Nat, elle s'avéra bien peu satisfaisante pour Celia. Elle se concentrait pour garder les yeux fermés, mais elle ne pouvait s'empêcher d'entendre la voix.

« *Regarde-moi ça. Il ne porte toujours pas de sous-vêtements. Dégoûtant, non?* » disait Dwayne pendant que Nat haletait en criant : « Oh, mon amour! »

« *Et renifle-moi ces aisselles. C'est pour ça que tu as rompu avec lui, non?* »

« Celia, ma chérie, murmura Nat en s'effondrant puis en se retournant pour la regarder. Tu vas bien? Il y a quelque chose qui cloche? Tu n'as pas... D'habitude, tu...

– Ça va, assura Celia. C'était très agréable. Mais je crois... En fait, je vois régulièrement quelqu'un d'autre, en ce moment.

– Ah bon? Oh, zut alors », dit Nat.

C'est ainsi que ses problèmes commencèrent; et ils s'aggravèrent rapidement. Bientôt, dès que Celia serrait la main d'un homme, l'image tremblotante de Dwayne apparaissait et lui parlait. De son vivant, le langage du wombat avait été convenable; à présent, il était vulgaire.

« *Il a le cul qui bourgeonne.* »

« *Sens comme il pue la fumée froide, à force de se bourrer de nicotine. Merde, tu peux le sentir, t'es assez près!* »

« *Comment peux-tu supporter cette moustache, aussi rousse et aussi raide que celle d'un porc que je voyais dans l'Iowa? Sa tête aussi ressemble à celle de ces saloperies de porcs, tu trouves pas?* »

« *Tu sais qu'il baise la femme d'un député, là-bas, dans le Surrey.* »

Cette dernière remarque concernait le banquier, avec lequel Celia avait passé la plupart de son temps récemment – non pas parce qu'elle le préférait aux autres, mais parce qu'il était le moins perspicace de tous ses amants, et donc, le moins apte à remarquer son air préoccupé. Mais après avoir mené discrètement son enquête, et découvert que Dwayne avait raison à propos de la femme du député, elle raya le banquier de sa liste. Quelqu'un a dû faire allusion à cette affaire devant moi, se dit-elle, et je m'en suis souvenue inconsciemment. Mais elle n'en était pas sûre; elle n'était plus sûre de rien.

Je ne sais plus où j'en suis. Je dois quitter Londres avant de craquer complètement. Non, je dois quitter l'Angleterre.

La première fois qu'elle avait entendu parler du Goto, Celia s'était imaginé un décor de bandes dessinées : jungle, marais, crocodiles, serpents géants, violence politique et chaleur propice à la malaria. Mais en fait, ce pays n'était pas désagréable. Même en juillet, lorsqu'elle arriva, il y faisait une température supportable. Les grosses pluies avaient laissé le paysage intensément vert, strié de palmiers, de bananiers et de hautes herbes chargées de fleurs rouges, blanches et magenta, comme dans un tableau d'Henri Rousseau. À l'ambassade régnait une atmosphère agréable, détendue, et le personnel pouvait profiter d'une piscine olympique en plein air abritée par des arbustes fleuris.

Popti, la capitale, était une ville du bord de mer, traversée par de larges avenues et des allées de sable rouge bordées de maisons et de magasins bas aux teintes blondes, ocre et terre de Sienne, dont dépassait par endroits la tour étincelante d'un hôtel ou d'une banque. Ce pays avait été pendant des années une colonie française; le français demeurait la langue officielle et l'on voyait encore des vestiges de cette culture dans la mode et la gastronomie.

Un tel endroit offrait certains avantages, se dit Celia. Il lui permettait de pratiquer le français et d'acquérir une connaissance approfondie de la région. De plus, sa situation professionnelle s'était amplement améliorée : elle possédait son propre bureau, une secrétaire, et elle avait la possibilité d'emprunter une voiture de l'ambassade avec chauffeur. Elle détenait également une certaine autorité : elle pouvait provoquer des événements. En un mois seulement, elle avait commencé deux séries de films; elle réorganisait la bibliothèque et négociait avec les bureaux de Washington pour obtenir des conférenciers intéressants.

Enfin, on lui avait attribué une villa comptant quatre chambres et équipée de l'air conditionné, avec un cuisinier, une femme de ménage, un jardinier à mi-temps et un service de sécurité à sa disposition vingt-quatre heures sur vingt-quatre. Elle n'habitait pas loin de l'ambassade, et juste à côté de la demeure et du magasin appartenant à madame Miri, la couturière la plus prisée de la ville (madame Marie, pour certains de ses clients européens). D'ordinaire, le calme régnait dans la maison de Celia, mis à part le faible bourdonnement, presque domestique, de la radio qui en cas d'urgence communiquerait instantanément avec la station des gardes maritimes basée à l'ambassade.

Mais il se passait toujours quelque chose chez madame Miri, dans l'enceinte profonde de sa résidence enfouie sous les feuilles : outre le magasin, elle comprenait cinq immeubles abritant les allées et venues d'une importante population de parents et d'employés – des nourrissons emmaillotés dans des couches en coton aux grands-mères édentées. Celia se lia d'amitié avec madame Miri, qui, comme elle, était une perfectionniste dans le domaine de la couture; celle-ci lui avait déjà imité un modèle compliqué d'Issey Miyaké, dans un remarquable carré de batik local noir et gris indigo.

Le plus reposant dans tout cela, c'était que Celia n'avait pas vu Dwayne Mudd depuis son arrivée. Cette absence ne prouvait rien cependant, puisqu'elle n'avait pas encore approché d'hommes, à part pour leur serrer la main. Maintenant qu'elle avait organisé sa vie, il lui fallait à présent vérifier sa solidité – sa santé mentale, en fait. Quelle était l'alternative, en effet? Une vie entière de célibat angoissé, peut-être?

Attentive, compréhensive, Celia avait rapidement gagné la sympathie de la communauté européenne, et elle s'était fait deux admirateurs. Elle décida de sortir avec celui qu'elle aimait le moins, Gary Mumpson, un homme d'affaires originaire de l'Oklahoma – probablement marié, bien qu'il affirmât le contraire. Elle autorisa donc Gary à l'inviter dans le restaurant français le plus cher, puis, après le repas, à la conduire à la plage et au parc. Il faisait nuit noire, là-bas, sous les ténèbres intenses du ciel tropical constellé d'étoiles. Quand Gary, en sueur, se pencha pour lui donner un baiser, Celia retint sa respiration. Pendant un instant, il ne se passa rien; mais ensuite, mêlée au bruit sourd et perfide du ressac, elle crut discerner une voix qu'elle connaissait bien.

« *Ouais, serre-le bien fort, ce salaud,* disait la voix, *pour que tu puisses sentir son engin.* »

Tu te fais des idées, se dit Celia; mais ses bras

s'enroulaient déjà autour de Gary, et elle ne put s'empêcher de suivre les instructions du wombat.

« *De toute façon, tu perds ton temps,* semblait-il lui dire. *Non seulement il est marié, mais sa queue ne mesure que dix centimètres.* »

Non, inutile d'insister.

« Venez, rentrons, dit piteusement Celia en tentant de se relever.

– Non, pourquoi... Oh ! bien sûr. Grande idée ! » répondit Gary, le souffle court, en s'imaginant (à tort) que Celia l'invitait chez elle.

Le lendemain était un samedi. Après une nuit blanche, Celia sortit de chez elle dans l'espoir d'atténuer un peu son désarroi en allant courir. La matinée était fraîche, la rue presque déserte, mais lorsqu'elle atteignit le portail de la cour voisine, elle fut saluée par madame Miri.

Dans la lumière vive du soleil, sa propriétaire avait un air imposant. Sa peau brillait comme de l'acajou poli, et elle portait une robe de chambre orange bouffante avec un turban imprimé d'oiseaux de paradis.

« Qu'y a-t-il, *chérie* ? » lui demanda-t-elle dans son excellent français, en posant une large main aux ongles vermillon sur le bras de Celia.

« Comment ? répondit stupidement Celia. Comment ça, qu'y a-t-il ?

– Vous êtes préoccupée ce matin.

– Non, pas du tout. » Celia tenta de prendre un ton léger et indifférent.

Madame Miri secoua la tête.

« Je le vois dans l'air qui vous entoure. Je vous en prie, entrez dans le magasin. » Elle leva un rideau décoré de fleurs géantes dorées.

Confuse, Celia la suivit. Madame Miri lui fit signe de s'asseoir à côté de la grosse table à découper jonchée de magazines de mode et de rouleaux de cotonnades multicolores, puis elle lui apporta une tasse de café français fumant.

« Vous n'avez pas très bien dormi la nuit dernière, déclara madame Miri d'un ton où ne perçait pas la moindre pointe d'interrogation.

– Pas très bien, non, admit Celia.

– Vous faites des cauchemars, peut-être?

– Euh, oui, parfois », répondit Celia en se disant que les apparitions de Dwayne Mudd s'apparentaient à une sorte de cauchemar.

« Je vais vous donner quelque chose. » Madame Miri se leva et se glissa sous un autre rideau qui pendait dans un coin sombre de la pièce, derrière lequel elle sembla ouvrir des tiroirs et déboucher des flacons tout en psalmodiant à voix basse.

Je n'avalerai aucun médicament étrange, se promit Celia.

« *Voilà.* » En revenant, madame Miri posa devant Celia un petit sac de toile rougeâtre fait maison, fermé par une lanière de cuir.

« Prenez ceci, *chérie.* Vous ne l'ouvrez pas, mais ce soir, vous le mettez sous votre oreiller, d'accord?

– D'accord », promit Celia, soulagée. Elle savait, ou devinait ce que contenait le sac : une sélection d'herbes et d'os aux vertus médicinales et magiques, vendus dans des échoppes sur les marchés du village, et même dans la capitale. C'était ce qu'on appelait un gri-gri – une amulette protectrice.

« C'est bon », insista madame Miri, souriante, en tendant le petit sac. « Bon contre la peur. »

Bien sûr, madame Miri croit aux esprits, se dit

Celia; comme presque tout le monde ici. La principale religion du Goto, après tout, était l'animisme : le culte des ancêtres et de certains arbres, rivières et montagnes. Fantômes et démons habitaient le paysage, et dans les champs ou les plantations, les épouvantails faisaient souvent place à un paquet de feuilles, de poudres et d'os ensorcelés, accroché à une branche ou coincé dans la fourche d'un arbre. Selon les croyances locales, il protégeait les récoltes des oiseaux et des animaux, mais aussi des voleurs et des esprits malins.

« Merci », dit Celia.

Quand elle le pouvait, Celia tenait ses promesses. Ce soir-là, elle plaça donc le gri-gri sous son oreiller, et grâce à lui ou non, elle dormit mieux durant le reste de la semaine. Un peu rassérénée, elle décida de se risquer à sortir avec son deuxième admirateur, le sergent-chef responsable de la garde à l'ambassade. Jackson, un jeune homme amusant originaire du sud des États-Unis et pourvu d'un considérable sens de l'humour régional, portait bien l'uniforme, et magnifiquement le maillot de bain. Côté inconvénients, il avait quatre ans de moins qu'elle, une mauvaise éducation, et de détestables convictions politiques.

Ce dernier point ne surprenait pas Celia : selon elle, beaucoup de gens avaient des opinions bizarres. Mais même si elle les désapprouvait totalement, elle ne tentait jamais de protester ou de les corriger. Elle avait toujours détesté les querelles qui, d'après sa propre expérience, ne convainquaient jamais personne – seuls les faits pouvaient convaincre, et encore, pas très souvent. Chaque fois qu'elle désapprouvait sérieusement quelqu'un, elle répétait une phrase que son père lui avait apprise à l'âge de quatorze ans : « Vous avez peut-être raison ». (« Il m'a fallu cinquante-cinq ans pour apprendre à dire ça, lui avait-il confié. Ces mots t'épargneront peut-être des embêtements. »)

Quelques minutes avant l'arrivée de Jackson au volant de sa Corvette rouge, Celia, dans un élan de superstition dont elle eut un peu honte, plaça le gri-gri de madame Miri au fond de son sac à main. Mais lorsque son compagnon l'aida à monter dans la voiture – ou, plus exactement, la poussa à l'intérieur –, elle crut un instant apercevoir l'image de Dwayne, tremblotante mais distincte, sur le mur d'enceinte blanchi à la chaux. Pourtant, l'image se transforma presque instantanément pour redevenir les ombres agitées d'un banian, et Celia se reprocha de céder à ses nerfs.

Contrairement à Gary, Jackson n'attendit pas la fin du repas pour passer à l'action. À peine arrêtés devant le restaurant en plein air d'où provenaient les battements bruyants d'une musique locale, il se tourna vers Celia.

« Hé, vous êtes vraiment extra ce soir ! » dit-il en l'empoignant d'une main experte.

Dwayne Mudd réapparut aussitôt, assis sur le capot de la Corvette ; étrangement gris et translucide devant les buissons tropicaux baignés de soleil, comme si la lumière qui l'éclairait était toujours la clarté londonienne grise et humide, il demeurait aisément reconnaissable.

« *Tu ferais mieux de faire attention, avec celui-là* », déclara-t-il.

« Oh, tais-toi, lui ordonna silencieusement Celia. Je suis venue jusqu'ici ; et je compte bien m'amuser si j'en ai envie. »

« *Il va voir les putes* », continua Dwayne, implacable, en pressant son visage gris contre le pare-brise. « *Tu devrais te renseigner sur la date de son dernier dépistage du sida. Et vérifier s'il n'a pas une entaille sur la lèvre.* »

Malgré elle, Celia passa le bout de sa langue sur la bouche large de Jackson. Se méprenant sur ses intentions, il hoqueta et l'attira plus près de lui en murmurant : « Oh, mon bébé ! »

Cette nuit-là, oppressée à la fois par l'inquiétude et la frustration, Celia dormit encore plus mal – comme madame Miri s'en aperçut immédiatement le lendemain matin.

« Ce n'est pas encore fini, *ma petite* », déclara-t-elle après s'être assise dans un fauteuil et avoir accepté une tasse de café.

« Non, admit Celia. Je crois que votre amulette n'agit pas sur les Européens. » Elle rit nerveusement.

Madame Miri ignora sa dernière remarque.

« Quelque chose pèse sur votre esprit, n'est-ce pas ? demanda-t-elle.

– Non... Enfin, si. » Abandonnant, Celia raconta peu à peu toute son histoire. Elle va savoir que je suis folle, à présent, pensait-elle tandis que les mots sortaient de sa bouche comme les crapauds et les serpents du vieux conte de fées. Elle va me dire d'aller consulter un docteur.

« Ma pauvre enfant », dit au contraire madame Miri quand Celia s'arrêta, ébranlée. « Je comprends ce que c'est. Cet individu, il est jaloux. Comme il ne peut pas vous avoir, il veut éloigner tous les autres hommes. J'ai déjà vu pareille chose, *eh oui* ! » Elle soupira. « Alors tu as fait tout ce chemin pour rien. » Pour la première fois, elle la tutoyait. « Pourtant, ce n'est peut-être pas pour rien, ajouta-t-elle à mi-voix.

– J'ai cru qu'en partant si loin de Londres...

– *Chérie*, quatre ou cinq mille kilomètres, c'est comme ça (elle claqua des doigts) pour un esprit. Ils ne perçoivent pas l'espace comme nous.

– Un esprit? répéta Celia.

– *Exactement.* » Madame Miri sourit, et Celia se souvint d'un couplet extrait d'un chant tribal que lui avait récité le député chef de mission, un ancien anthropologue :

« Ceux qui sont morts ne sont pas partis.
Ils sont dans l'ombre qui s'éclaircit,
Ils sont dans l'ombre qui s'estompe,
Ils sont dans l'ombre qui tremble. »

« Et comment s'appelait-il, dans la vie, ce personnage? demanda madame Miri.

– Dwayne Mudd. »

Madame Miri fronça les sourcils.

« Mudd. *C'est la boue, n'est-ce pas*?

– Oui, je crois, admit Celia.

– Un mauvais nom. De mauvais augure.

– Évidemment », dit Celia. Elle tenta d'émettre un rire gêné, mais madame Miri en ignora le résultat lamentable.

« Il faut un esprit pour piéger un autre esprit », dit-elle à voix basse, en se penchant vers Celia par-dessus la table, comme si Dwayne pouvait être en train de les écouter. « Tu connais peut-être une femme très puissante passée dans l'autre monde, ta mère, ou ta grand-mère? »

Celia secoua la tête.

« Non, je suis désolée. Elles sont toutes les deux en vie. Quant à mon autre grand-mère, la mère de mon père, je ne la connais pas bien. Je ne l'ai jamais tellement aimée, et je crois qu'elle ne m'aimait pas non plus. » Elle regarda madame Miri, qui attendait toujours patiemment, puis elle baissa les yeux sur les reflets sombres de sa tasse de café.

« Il y a bien quelqu'un, dit-elle après un silence. Je ne l'ai pas connue, mais on m'a donné son prénom. C'était la belle-mère de mon père.

– *Une belle-mère, mais sympathique.*

– Oh oui, du moins selon mon père. Il n'employait jamais le mot " merveilleux " à propos de quiconque ni de quoi que ce soit, mais il a dit un jour que c'était une femme merveilleuse. Il paraît que je lui ressemble, même si nous n'avons pas de lien de parenté.

– C'est bien. Tu as peut-être son âme.

– Peut-être », répondit Celia en se souvenant que d'après une croyance locale, les esprits des ancêtres revenaient après leur mort pour investir le corps des nouveau-nés de leur lignée.

« *En tout cas*, elle veille sans aucun doute sur toi, ou tu n'aurais pas pensé à elle maintenant, dit madame Miri en souriant.

– Je n'en suis pas si sûre, répondit Celia. Enfin, si tel est le cas, je crois qu'elle ne le fait pas souvent, sinon, je ne serais pas dans ce pétrin.

– Pas forcément, *chérie*. Cette *belle-mère*, elle était peut-être très polie?

– Quoi? » demanda Celia, désorientée. Le manque de sommeil, se dit-elle. « Oh, oui. Mon père disait qu'elle avait d'excellentes manières.

– Ceci explique cela. Elle veille bien sur toi, mais quand toi et un type devenez proches (madame Miri fit un geste plutôt obscène), comme elle est *bien élevée*, elle détourne les yeux. Et, d'après ce que *tu m'as raconté*, c'est le seul moment où apparaît cet esprit malin.

– Oui », reconnut Celia. Suis-je réellement en train d'avoir cette conversation? se demanda-t-elle.

« Très bien. Je vais te dire ce que tu vas faire. La prochaine fois que tu le vois, tu appelles la *belle-mère*. Pas besoin de crier son nom tout haut, il suffit de murmurer dans ta tête : “ *Venez, venez à moi, aidez-moi* ”.

– D'accord », promit Celia.

Pendant les quelques minutes qui suivirent le départ de madame Miri, Celia se sentit mieux. Peut-être n'était-elle pas folle après tout, seulement hantée. Au Goto, l'existence d'êtres surnaturels ne semblait pas si impossible. Dans les campagnes, presque tous les villages étaient gardés par une ou plusieurs statues fétiches, ressemblant à de grosses bouches d'incendie en pierre grise, d'où pendaient des haillons colorés et des guirlandes de fleurs. Avec leurs larges visages, leurs yeux fixes et leurs énormes organes génitaux, ces statues dégageaient, même pour les sceptiques tels que Celia, une aura puissante et inquiétante.

Même dans la capitale, l'animal totémique de la tribu locale dominante, le pigeon, était honoré par une sculpture monumentale représentant un immense oiseau blanc, identifié dans les guides touristiques comme « le pigeon de la paix ». Encore plus près de chez elle, dans un coin sombre de la cour de madame Miri, étaient accroupies deux divinités d'intérieur, versions miniatures des statues fétiches du village. Elles arboraient des guirlandes vives de fleurs rouges et orange renouvelées régulièrement et, chaque jour, le cuisinier de madame Miri leur donnait à manger : leurs bouches de pierre béantes étaient toujours barbouillées de sang séché, de riz et de pulpe de fruits.

Mais l'euphorie de Celia fut de courte durée. Elle s'aperçut qu'en prenant ces histoires au sérieux, elle menaçait d'autant plus sa santé mentale : non seulement elle avait des hallucinations, mais elle commençait à croire aux fantômes et à s'imaginer qu'elle pouvait les exorciser en invoquant le nom d'une aïeule qu'elle n'avait jamais vue, et qui n'était même pas son ancêtre. En fait, se dit-elle, elle devenait indigène. Elle avait déjà entendu parler de gens – des anthropologues, pour la plupart – qui avaient pris les superstitions locales trop au sérieux et avaient un peu, ou complètement perdu la raison.

Celia tenait ces histoires, et la majeure partie de ce qu'elle avait appris sur les croyances gotolaises, d'un homme auquel elle s'intéressait de plus en plus sérieusement : le député-chef de mission en personne, jeune diplomate de carrière et ancien anthropologue, Charles Fenn. Grand, mince, très intelligent, d'allure un peu étrange pour un homme de quarante ans, il avait le visage long, les sourcils obliques, le nez busqué, et un air à la fois triste et satirique. Elle l'avait apprécié dès le début, sans même penser qu'il pourrait devenir un de ses prétendants. Mais tout le monde appréciait Charles à l'ambassade, depuis l'ambassadeur (un vieux magnat texan bedonnant qui avait obtenu ce poste honoraire grâce à son soutien au parti républicain) jusqu'à l'aide-jardinier gotolais âgé de douze ans.

D'après les rumeurs circulant dans l'ambassade, la tristesse n'était pas l'état ordinaire de Charles, mais le résultat d'incidents échappant à son contrôle. Séparé depuis peu, il divorçait : son ex-femme, que tout le monde considérait comme une jolie, et même adorable tête en l'air, s'était avérée irréfléchie et totalement incapable de s'adapter à la vie africaine. Depuis son départ, Charles paraissait déprimé, mais il se montrait toujours aussi travailleur et aussi compréhensif à l'égard de son personnel. « Il vous écoute vraiment », disait-on souvent de lui.

« Oui, je sais », répondait invariablement Celia un peu mal à l'aise, car on faisait la même remarque à son sujet.

Sa gêne atteignit le stade de la panique quand elle se retrouva en tête à tête avec Charles, après que son habile attention eut poussé le chef de mission à lui décrire les années où il était anthropologue.

« C'est un domaine très encombré, lui disait-il. Dans tous les sens du terme. Vous savez ce qu'on dit à propos des Navajos : la famille typique comprend un aïeul, les parents, 3,2 enfants, et un anthropologue. C'était presque le cadre de mon travail. J'ai compris que j'allais être non seulement inutile et inefficace, mais superflu.

– Dites-m'en plus », murmura Celia d'un ton encourageant quand il s'arrêta pour contempler par la fenêtre la couronne verte et lustrée d'un avocatier de l'ambassade.

Charles se retourna et la regarda.

« Vous dites toujours cela, n'est-ce pas ? remarqua-t-il avec ce que Celia perçut comme une dangereuse insouciance. " Dites-m'en plus. "

– Non... Enfin, pas toujours », bredouilla-t-elle.

Charles sourit.

« Ou alors, vous dites : " C'est vraiment intéressant ". Vous poussez les autres à parler pour apprendre à les connaître sans qu'eux vous connaissent. J'ai repéré votre technique, voyez-vous, parce que je l'utilise aussi.

– Je ne..., commença Celia qui ravala la fin de son petit mensonge.

– Mais maintenant, je crois que c'est votre tour. C'est à vous de m'en dire plus. » Il ne la quittait pas des yeux. Elle s'aperçut qu'ils étaient d'une couleur étrange, hésitant entre l'or sombre et le vert.

« À quel sujet ?

– Peu importe. Votre enfance, vos convictions, vos ambitions, vos rêves, ce que vous voulez. Pour autant que ce soit la vérité, bien sûr, dit Charles en souriant.

– Je... euh. » Celia hésita ; son cœur semblait frétiller dans sa poitrine comme un poisson.

« J'ai trouvé ! Parlez-moi du temps où vous étiez coopérante à l'étranger, dites-moi ce qui vous plaisait le plus. » Il jeta un coup d'œil à l'horloge murale. « Vous avez dix minutes, d'accord ?

– D'accord », répondit Celia. Elle avala sa salive. « Je crois que c'était les villages, la nuit, se surprit-elle à déclarer. Surtout au clair de lune... » Pourquoi ai-je accepté ? se demanda-t-elle. Pourquoi ne me suis-je pas contentée de rire en disant : « Pas aujourd'hui », ou bien « Je n'ai pas envie » ? Il est encore temps. Mais au lieu de cela, elle entendit sa voix poursuivre, se mettre à parler de choses qu'elle n'avait jamais racontées, non pas parce qu'il s'agissait d'histoires personnelles ou choquantes, mais parce que personne n'avait vraiment pris la peine de les écouter ; les autres attendaient tous leur tour de parole...

C'est la façon dont il me regarde, pensa-t-elle, en levant rapidement les yeux sur Charles. Il sait que j'existe. Est-ce l'impression que je donne ?

« C'est très intéressant », dit Charles lorsqu'elle se tut, en considérant la pendule puis de nouveau Celia. « Continuez.

– Bien. C'est parce que la nuit, le désert n'est pas silencieux. Il y a tous ces sons dans les arbres et dans la brousse entourant le village, des frémissements, des cris, des soupirs, et vous êtes là, vous en faites partie... vous vous sentez... » Elle regarda Charles. Il l'écoutait toujours ; il entendait chacun de ses mots. Cet instant pourrait être important, se dit-elle. Il est important.

Elle y repensa après avoir quitté son bureau, puis le soir en rentrant chez elle. Elle se dit que Charles était un homme bien peu ordinaire. Que sans sa frivole de femme, il irait probablement loin; et avec elle, encore plus loin – si jamais elle redevenait elle-même un jour. Autrement, elle lui ficherait sa carrière en l'air, sans parler de la sienne, pensa-t-elle tristement. Puis elle se rappela qu'elle n'avait aucune raison de s'inquiéter, car rien dans les paroles ou l'attitude de Charles n'avait laissé supposer son désir de faire route avec elle. Mais cette pensée ne fit qu'augmenter le chagrin de Celia.

Les choses en étaient toujours au même point lorsque Charles invita Celia à l'accompagner, lui et d'autres membres du personnel, à une réception tenue à l'ambassade de France. L'attaché commercial était assis à côté du chauffeur; Charles et Celia sur la banquette arrière, et pendant qu'ils roulaient dans les rues illuminées par les dernières lueurs mauves et vermillon du coucher de soleil tropical, Charles lui expliquait le rang, le passé et les particularités des gens qu'elle allait rencontrer.

« Il y a beaucoup de personnages un peu étranges dans le corps diplomatique de la région, dit-il en conclusion, mais j'espère que vous allez quand même vous plaire ici. » La voiture fit une embardée à un coin de rue, projetant Celia, vêtue d'une robe légère en mousseline mauve pâle, brusquement contre lui.

« Merci, je pense que oui », répondit-elle d'un ton distrait, essayant de retrouver sa respiration, sans s'écarter de lui.

« Je suis ravi de vous l'entendre dire. » Charles non plus ne bougeait pas; protégé des regards par la mallette posée sur ses genoux, il mit sa main sur les siennes.

« *Tu fais une autre erreur* », dit la voix morte de Dwayne Mudd. Au début, Celia ne le vit pas; puis elle s'aperçut qu'il était assis, gris et ratatiné, entre Charles et la portière.

« *Tu le trouves vraiment génial? Il a...* »

Je ne veux rien entendre, pensa Celia désespérément en sentant la pression ferme, troublante et attirante de l'épaule, du bras et de la main de Charles contre elle.

« *... une mycose, et...* »

Se souvenant de madame Miri, elle appela silencieusement, fébrilement, l'autre Celia Zimmern. « *Venez à moi, aidez-moi* ! » Cela semblait si stupide : c'était comme si elle s'appelait elle-même.

Miraculeusement, l'horrible voix plate se tut. Mon Dieu, pensa Celia, ça a marché. Mais l'ombre de Dwayne ne disparut pas : elle resta dans la voiture, remuant silencieusement ses lèvres grisâtres, jusqu'au moment où ils atteignirent l'ambassade de France.

« Alors, comment ça va? » demanda madame Miri le lendemain matin, en arrêtant Celia au passage alors qu'elle sortait faire sa course à pied matinale. Plissant les yeux face au soleil éclatant, elle ajouta : « Peut-être pas tout à fait bien, si?

– Il est toujours là, admit Celia. Je ne l'entends plus, mais il est toujours là : il essaie de parler, il ouvre et il referme la bouche. Durant la moitié du trajet, hier soir, dans la voiture qui nous conduisait à l'ambassade de France, et pendant tout le chemin du retour... Enfin, chaque fois que je... Vous savez. Je n'en peux plus ! s'écria-t-elle brusquement. Je crois que je deviens folle.

– *Mais non, chérie. Allons chez moi.* Nous y réfléchirons plus longuement. »

Étourdie, affaiblie par une autre nuit sans sommeil, Celia suivit madame Miri dans son magasin, puis, pour la première fois, dans la pièce abritée par le rideau. Basse de plafond, peu éclairée, tapissée de lourdes étoffes brodées, il y trônait une sorte d'autel recouvert d'un tissu rouge également brodé, jonché de fleurs et d'images parmi lesquelles s'élevait une statuette ressemblant à un lion ailé.

« Assieds-toi, je t'en prie. » Madame Miri lui indiqua un pouf de cuir bas multicolore.

« Il y a quelque chose, dit-elle en ouvrant les yeux après quelques instants de concentration silencieuse. Je crois que cet esprit boueux a de l'emprise sur toi.

– Je ne sais pas... Je me sens peut-être coupable...

– Coupable? Ce n'est pas grave. Ce n'est pas ton mari, seulement un esprit stupide et jaloux. Mais je pense qu'il t'a donné un objet, et que grâce à cet objet, il a le pouvoir de venir à toi quand il le désire. »

Involontairement, Celia jeta un coup d'œil sur son poignet gauche; sur la montre en or de la mère de Dwayne. Madame Miri suivit son regard.

« Alors, elle est à lui? demanda-t-elle.

– Oui. Enfin, elle appartenait à sa mère.

– Alors, c'est encore pire. Par cette montre, elle joint son pouvoir au sien. Je comprends maintenant. » Elle hocha la tête plusieurs fois.

« Vous pensez que je ne devrais pas porter cette montre quand je sors avec quelqu'un?

– Jamais, tu ne dois jamais la porter, déclara madame Miri d'un ton solennel. Elle est dangereuse pour toi, toujours. Donne-la-moi; j'en prendrai soin. »

Un peu abasourdie par la tournure des événements, Celia ne bougea pas.

« Tu dois tenir aux personnes, pas aux objets », dit madame Miri en tendant la main.

Lentement, Celia dégrafa le bracelet en mailles dorées, puis posa la Cartier dans la large paume couleur abricot bordée de noir que lui présentait madame Miri, où elle parut étrangement petite.

« Mais si elle est dangereuse à ce point... » dit-elle en regardant ce qu'elle était venue à considérer comme sa propriété disparaître dans le poing de madame Miri. « Enfin, je veux dire, si vous avez la montre, ne va-t-il pas venir à vous ? »

Madame Miri fit entendre un petit rire.

« S'il vient, laisse-le venir. Il aura une grosse surprise, n'est-ce pas ? » Elle rit à nouveau, avec plus de cœur. « Ne te tracasse pas, *ma petite*, lui commanda-t-elle gentiment. Je sais m'occuper des esprits dans son genre, je te le promets. »

Cinq mois plus tard, Celia Zimmern et Charles Fenn célébraient leur mariage dans le jardin de l'ambassade des États-Unis au Goto. Plus d'une centaine d'invités y assistaient ; des guirlandes de lanternes – couleur rubis, saphir, topaze et vert jade – galonnaient le crépuscule tropical ; un feu d'artifice fut tiré près de la piscine. Madame Miri, qui avait créé pour Celia une spectaculaire robe de mariée en tulle et en dentelle blanche d'après un modèle de Givenchy, était assise à un bout de la longue table d'honneur, resplendissante dans une robe de soie vermillon brochée d'or assortie à un turban fantastiquement plié.

« Un jour de joie », dit-elle lorsque Celia, qui circulait parmi les invités, s'arrêta à côté d'elle. « Je vois que tout va bien pour toi.

– Oh, oui. » Celia regarda à nouveau madame Miri. À ses deux bras d'acajou solides et luisants brillaient une multitude de bracelets en or ; et parmi eux, la montre Cartier. Mais c'est la mienne, voulut s'écrier Celia ; puis elle se ravisa, comprenant que cette affirmation était fausse, et que de toute façon, ce n'était ni le moment ni l'endroit ; que ce ne serait peut-être jamais le bon moment ni le bon endroit.

Madame Miri, pas gênée pour autant, suivit le regard de Celia.

« Il ne t'est plus apparu, à toi, *n'est-ce pas*?

– Non, pas depuis... » Celia considéra son poignet fin, sur lequel on ne discernait désormais plus qu'une bande de peau légèrement blanche. Par nécessité, elle avait acheté une Timex à l'intendance de l'ambassade, mais elle la gardait habituellement dans son sac à main. « Est-ce qu'il vous est apparu ? ajouta-t-elle après avoir remarqué une certaine emphase dans la question de madame Miri.

– Oh oui ; je l'ai vu, avec sa petite moustache. Il présente bien, ce gars. Mais il n'est pas intéressant, ça non. Contrairement à ton homme, là-bas, hein ? » Elle rit toute seule, éméchée par le champagne, et fit un geste en direction de Charles, qui lui aussi circulait parmi les invités.

« C'est vrai », reconnut Celia en tentant de se souvenir si elle avait déjà dit à madame Miri que le wombat portait une petite moustache. Elle savait qu'elle l'avait dit à Charles ; en fait, un mois plus tôt, sans en avoir vraiment l'intention, elle s'était retrouvée en train de tout lui raconter au sujet de Dwayne.

Comme toujours, il se montra intéressé et compréhensif. « Je crois que la plupart des gens revoient leurs anciens amants, même s'ils les voient moins nettement que toi. Moi, je revoyais ma femme ; enfin, presque. Et quand on vit dans un endroit comme celui-là pendant quelque temps, on ne s'étonne plus de rien. »

Après cette discussion, Celia était enfin parvenue à oublier Dwayne Mudd. Mais à présent, étourdie par le bonheur et le champagne, elle se l'imaginait comme un fantôme maussade éternellement lié au Goto, un pays qu'il aurait probablement méprisé et abhorré – il détestait ce qu'il appelait « la cambrousse ». Elle se demandait même s'il se trouvait à la soirée, invisible et inaudible, sauf pour madame Miri.

« Pensez-vous que Dwayne assiste à la fête ? » interrogea Celia en jetant alentour un regard anxieux, puis en le posant à nouveau sur madame Miri. Dans la lumière aux éclats de bijoux diffusée par les lanternes en papier, madame Miri paraissait plus colossale et plus redoutable que jamais. En fait, se dit Celia, elle ressemblait à la femelle du couple des énormes statues en acajou conservées au musée local. Grossièrement sculptées au moins un siècle plus tôt, elles étaient dotées de membres lourds et de coiffes impressionnantes; sur le panneau qui les identifiait, on lisait : « *Gardes des portes de l'enfer* ».

« Non. » Madame Miri secoua lentement sa tête enturbannée, faisant balancer ses lourdes boucles d'oreille. « Il n'est pas là. » Elle ne riait plus. « Il est allé là où il devait aller. » Elle pointa un doigt vers le sol. Mais elle sourit ensuite et leva son verre. « Ne pense plus à lui, *chérie*, dit-elle à Celia. Il ne t'ennuiera plus. »

En attendant bébé

À la fin de leur longue quête à New Delhi, attendant jour après jour que les services d'Adoption internationale leur trouvent un bébé, Aster commençait à désespérer. Chez eux, en Amérique, elle et Clark, son mari, avaient envisagé ce voyage non seulement comme une mission de sauvetage, mais aussi comme une occasion de visiter le pays et d'en apprendre plus sur la culture de leur futur enfant.

Mais aucun des livres et des articles qu'elle avait lus n'avait préparé Aster à affronter l'Inde et ses contrastes déments entre beauté et laideur, luxe et pauvreté, simplicité amicale et équivoque impénétrable. De plus, personne ne leur avait dit qu'au mois de mai, il y régnait une chaleur insupportable, et qu'ils avaient choisi la plus mauvaise période pour effectuer ce voyage. Emplettes et visites des monuments n'étaient possibles que le matin; après le déjeuner, s'ils n'avaient pas à se rendre à l'agence, Aster et Clark demeuraient dans leur hôtel climatisé, ou, comme maintenant, dans la grande piscine à ciel ouvert.

L'une après l'autre, ils avaient annulé leurs excursions à Jaipur, Jodhpur, Āgra et Bénarès. Pas seulement en raison de la chaleur, mais de l'avenir incertain de leurs finances. Les services d'Adoption internationale n'avaient toujours pas établi de devis définitif, ni arrêté de date; il leur faudrait peut-être rester plus longtemps que prévu, et dépenser beaucoup plus. Mrs. Bannerjee et ses collègues se montraient invariablement polis, mais refusaient de s'engager. Aster pensait parfois que l'agence les mettait à l'épreuve, pour voir s'ils étaient assez patients et assez calmes pour faire de bons parents adoptifs.

Mais au fil des jours, elle sentait sa patience l'abandonner et l'angoisse la gagner – tout comme Clark, soupçonnait-elle. Ils ne s'avouaient pas leurs doutes, ne critiquaient pas l'agence, hormis le jour où Clark avait surnommé l'organisme : « Services d'Arnaque internationale ». (Aster avait eu un faible sourire, et ressenti un frisson de peur, comme si elle avait craint que quelqu'un les écoute et rapporte ce commentaire.) Au lieu de cela, ils critiquaient la chaleur plombée et humide de la ville, la brume de pollution abrasive; la conduite imprudente et indisciplinée des automobilistes; la nourriture trop épicée et éventuellement gâtée – depuis des jours maintenant, Aster avait un peu mal au cœur –, ainsi que la pauvreté terrifiante. Le long de Janpath, de hauts immeubles de banques et de bureaux scintillaient au soleil, inondés de fleurs tropicales satinées; mais au pied de ces bâtiments, des tas de haillons qui au second regard étaient des hommes, toussaient et mouraient, couchés dans la poussière et le vomi.

Les premiers temps, Aster avait été fascinée par le fort Rouge, les monuments et les temples anciens;

mais petit à petit, ils avaient commencé à lui paraître poussiéreux, rongés, comme si leurs façades avaient été grêlées par le regard insistant de trop de touristes. Dans les étroites allées souillées du vieux Delhi, un chien avait uriné sur sa jupe; et en rinçant sa nouvelle écharpe de soie sur laquelle elle avait renversé du café, elle avait vu les couleurs exotiques déteindre pour virer à un marron boueux.

C'est probablement l'épuisement et la tension nerveuse qui, quelques jours plus tôt, avaient poussé Aster à se ridiculiser sur un site touristique. Elle s'y était rendue sur un coup de tête, en fin d'après-midi, car il se trouvait près de la bibliothèque municipale où Clark était absorbé dans de vieux numéros de journaux américains.

Le temple de Birla Mandir n'avait jamais figuré sur leur liste des monuments à ne pas manquer. Il ne datait que de 1938, et d'après ce qu'elle avait lu dans son guide, Aster s'attendait à trouver un bâtiment plus banal que beau : un édifice oriental de dessin animé, plein de balcons, de galeries et d'escaliers en marbre dont la couleur et la texture rappelaient celles d'une glace à la banane.

Comme d'habitude, il lui fallut laisser ses chaussures dans une salle située près de l'entrée. Mais cette fois-ci, elle ne portait pas de chaussettes, et les marches crasseuses de marbre jaune, jonchées des restes fanés de guirlandes gluantes d'œillets orange ou jaunes et de bonbons roses collants, lui brûlaient les pieds.

À l'aide de son guide, Aster avait désormais identifié la plupart des divinités populaires hindoues; la trinité de Brahmā, Vishnu et Shiva; Ganeśa, la déesse à tête d'éléphant qui soutenait les nouveaux projets; la gracieuse Sarawati, patronne des arts; la jeune et joyeuse Krishna à la peau bleue. Un panthéon antique bienveillant, semblait-il, qui témoignait du pouvoir de la femme.

Mais dans cet édifice moderne aux couleurs éclatantes, qui rappelait à Aster les brochures des palaces indiens qu'ils ne pouvaient s'offrir, les dieux n'avaient pas l'apparence de ces statues de musée aux traits adoucis par le temps : flambant neufs, ils ressemblaient à des personnages de Disney. Trop bien habillés, ils étaient ornés de feuille d'or et de bijoux fantaisie d'un goût atroce. Certains avaient la beauté artificielle répondant aux canons des publicités indiennes; d'autres des têtes d'animaux, des colliers de fleurs et de crânes, ou des visages assombris par la rage; ils exhibaient des dents pointues et agitaient plusieurs paires de bras tenant des armes de guerre. Comme les Mickey et les Minnie grandeur nature de Disneyland, ils évoquaient une vulgaire puissance commerciale.

Le début de soirée est l'heure de culte traditionnelle en Inde, et ces divinités mi-comiques mi-sinistres lézardaient à la lumière de nombreuses bougies; une épaisse fumée à l'odeur enivrante les enveloppait, et une foule croissante de dévots se rassemblait ou s'agenouillait devant les tombeaux. Parmi ces adorateurs, plusieurs gratifièrent Aster d'un regard dur tandis qu'elle jouait des coudes pour avoir une meilleure vue de Laksmī, à qui (d'après son guide) le temple était dédié; une femme lui murmura même quelque chose ressemblant à une malédiction.

« Déesse de la fortune et de l'abondance », lut Aster dans son guide. « Laksmī donne richesse, fertilité, et beaucoup d'enfants. » Je m'en tiendrai à celui qu'on nous a promis, pensa-t-elle. Laksmī, dotée de quatre bras et assise entre deux éléphants, était parée de nombreux bijoux et possédait une silhouette voluptueuse, avec les seins et le ventre gonflés d'une femme dans les premiers mois de sa grossesse. Sous ses yeux en amande soulignés de noir et sur son teint d'ivoire se découpait un petit sourire espiègle. « Gna-gna-gna, semblait-elle dire à Aster. Je sais quelque chose que tu ignores. »

L'Indienne qui se tenait à côté d'Aster s'agenouilla alors face au tombeau, puis se baissa en respirant bruyamment, jusqu'à se retrouver prostrée dans la flaque de son sari de soie rouge, ses mains couvertes de bagues et de bracelets jointes au-dessus de sa tête.

Comment peut-elle faire ça? se demanda Aster. Comment peut-elle se vautrer dans cette crasse? La réponse résonna dans sa tête comme le bourdonnement aigu d'un moustique : « Parce qu'elle désire un enfant plus que toi ».

Personne ne désire un enfant plus que moi, pensa Aster en colère, personne! Et tout à coup, sans le vouloir, elle se sentit tomber sur le sol souillé; à genoux, puis sur le ventre, ses jambes étendues maladroitement derrière elle. Le bruit et l'encens ruisselaient autour d'elle; le temps semblait tourbillonner.

« S'il vous plaît, faites que l'agence nous donne notre bébé maintenant », s'entendit-elle murmurer. Puis, étourdie et gênée, elle se releva en jetant des regards alentour, et vit, ou crut voir, les visages roses, choqués et désapprobateurs d'autres Occidentaux, mêlés à la foule des visages bruns et dorés.

Quelle chose idiote et insalubre, pensa-t-elle en s'éloignant rapidement du tombeau pour regagner l'air libre; ôtant les saletés de son pantalon taché, elle consulta sa montre. Il était beaucoup plus tard qu'elle ne l'avait imaginé, et derrière le temple, le soleil se couchait : des nuages roses et violets, outrageusement bordés d'or, striaient le ciel enfumé.

Aster ne parla pas à Clark de ce qui s'était passé au temple de Laksmī; cet incident vint au contraire grossir la liste des choses dont elle ne parlait pas. Elle avait pris cette habitude deux ans plus tôt, en revenant de la première agence pour l'adoption. Quand ils avaient compris qu'ils devaient non seulement être, mais jouer le rôle des parfaits futurs parents. La simple vérité, en fait : instruits, brillants, en bonne santé, ils formaient un couple charmant, convenable.

Mais à force d'être consciemment mise en avant, cette vérité s'était lentement transformée en mensonge, du moins aux yeux d'Aster. Elle savait depuis le début que si l'un d'eux se trouvait un jour en défaut, ce serait elle. Elle commençait à éprouver de l'anxiété, du doute; elle se souvenait sans cesse du jour où sa mère avait déclaré avec un sourire doux-dingue que « Peut-être, ça ne devait pas se faire ». Mais lorsqu'elle en avait parlé à Clark, il s'était contenté de rire et de répondre : « Idée New Age ».

Alors, Aster mit ses doutes et ses questions de côté, les cachant tout d'abord aux assistantes sociales, puis à ses amis et à sa famille, et enfin, à Clark lui-même. Après un certain temps, elle eut l'impression que si jamais elle reconnaissait avoir des doutes, ou se poser des questions jusque-là inavouées, ce serait comme si elle admettait avoir trompé tout le monde.

Il en allait de même avec ses insomnies. Et avec la peur qu'elle nourrissait envers ses beaux-parents depuis le jour où ils avaient déclaré – avant de savoir qu'elle et Clark devraient recourir à l'adoption – ne pas comprendre comment on pouvait éprouver les mêmes sentiments à l'égard d'un petit-fils qui n'avait pas ses gènes. Aster n'avait jamais avoué que leur attitude l'inquiétait; de plus en plus, elle ne parlait à personne de ses ennuis de santé ou de ses tracas.

Ici, nous sommes ensemble toute la journée, plus que nous ne l'avons été depuis des années, pensa-t-elle. Mais nous ne parlons plus vraiment; nous n'avons pas parlé depuis longtemps.

Récemment, par exemple, elle avait cessé de faire allusion aux bruits qui la tenaient éveillée chaque nuit. Les grincements maussades et les soufflements intermittents de l'air conditionné, le tintement monotone et irritant de la musique orientale, les craquements et les cliquetis de l'ascenseur de l'hôtel. Et parfois, un autre bruit plus faible : une sorte de gémissement haletant. La première fois, elle avait réveillé Clark.

« Tu as entendu? s'écria-t-elle.

– Quoi? » Dans la pénombre, son mari qui dormait d'un sommeil lourd, leva légèrement la tête.

« Il y a un enfant qui pleure.

– C'est juste de l'air dans la tuyauterie. » Il retomba dans l'inconscience. Mais la plainte de l'enfant fantôme ou de la plomberie persistait. Aster l'entendait presque chaque nuit. Elle ne réveillait plus Clark, car elle craignait de l'entendre dire, comme il le faisait parfois en souriant : « Aster entend toujours des choses que les autres n'entendent pas ». Ce qui n'était pas un simple compliment sur son acuité auditive exceptionnelle, mais une allusion détournée à la culture parallèle sud-californienne dont elle était issue. Une plaisanterie injuste, car elle avait depuis bien longtemps renoncé à tout cela, y compris à son nom de baptême embarrassant : *Astarté* *.

Et c'était précisément à tout ce que symbolisait le nom d'Astarté qu'Aster avait la ferme intention d'arracher leur bébé. Contrairement à elle, l'enfant, quoique génétiquement indien, ne grandirait pas dans un monde confus, pauvre et insalubre de vague spiritualité, parmi une ribambelle de frères et sœurs; un monde de mantras, de méditation et d'étreintes dépourvues de signification; de jupes usagées découpées dans de vieux couvre-lits, et de ragoûts de légumes épicés abandonnés sur le feu jusqu'à ce qu'ils se dessèchent et tournent à l'aigre; de l'égoïsme jovial que l'on cache sous l'expression « s'occuper de ses affaires ».

Quand Aster s'était plainte des bruits qui la dérangeaient la nuit, ils avaient envisagé de s'installer dans un hôtel plus confortable. À présent, en voyant diminuer leur pile de chèques de voyage, elle proposait d'aller dans un établissement moins cher.

« Tu sais, ce couple de Suédois que nous avons rencontré à l'agence la semaine dernière... » commença-t-elle alors qu'ils étaient allongés au bord de la piscine tiède de l'hôtel, dans laquelle flottaient des cadavres d'insectes exotiques.

« Tu veux parler de ceux avec le bébé à la peau très brune? » La voix de Clark trahissait le même mélange d'amusement et de consternation qu'au moment où il lui avait montré les deux jeunes gens très grands, très blonds, et leur minuscule nourrisson presque noir.

* Principale divinité du panthéon phénicien. Déesse de l'amour et de la fécondité, elle était l'objet de cultes licencieux. *(N.d.T.)*

(« On pourrait s'attendre à ce que l'agence fasse plus d'efforts pour assortir l'enfant à ses parents », avait-il alors déclaré.)

« Oui, eh bien ils sont dans un hôtel trois étoiles, et elle m'a dit que ce n'était pas mal du tout. Je me disais qu'on pourrait appeler pour voir s'il reste une chambre.

– Je... ne sais pas. » Clark s'exprimait de cette manière étrange qu'il avait prise récemment : courtes salves de mots entrecoupées de longues pauses. Dans l'esprit d'Aster, elle était associée aux explosions de diarrhée dont il avait souffert pendant vingt-quatre heures après avoir mangé dans un restaurant en plein air, comme si parler aussi avait été un moyen d'évacuation douloureux. « Il faudrait prévenir l'agence de notre changement.

– Oui, bien sûr.

– Ils pourraient croire que nous sommes... à court d'argent.

– Eh bien, nous le sommes, dit Aster. Du moins, nous risquons de l'être si nous devons rester à Delhi encore longtemps.

– Le problème c'est... s'ils pensaient... que nous avons fait de fausses déclarations...

– Mais ce n'est pas le cas. » La réponse d'Aster ressemblait presque à une question. En tant qu'avocat-conseil, Clark percevait des revenus plus mystérieux et plus aléatoires qu'elle, qui travaillait comme directeur artistique.

« Si ?

– Non... Mais je préférerais ne pas tenter le diable. » Clark ne regardait pas sa femme, mais les palmiers en lambeaux décolorés par le soleil.

Mais je dois partir d'ici, je dois quitter cet hôtel hanté et hors de prix, pensa Aster. Elle ouvrit la bouche pour exprimer sa pensée, puis la referma. Nous ne devons pas nous quereller, se dit-elle, cela pourrait tout gâcher. Aucune agence ne confierait un bébé à des parents hostiles l'un envers l'autre. S'ils se disputaient maintenant, cela risquait d'être sérieux, et les cicatrices pourraient se voir lors de leur entrevue, cet après-midi.

Tiens bon, s'ordonna-t-elle en se tournant sur le dos, face au soleil brumeux. Ça va marcher. Mrs. Fogel ne le leur avait-elle pas presque promis quand ils étaient encore en Amérique? « Vous ne devriez pas avoir de problèmes avec l'agence », leur avait-elle déclaré en insistant sur le vous comme si elle avait vu au-dessus de leur tête une bannière portant la mention : COUPLE ADOPTIF IDÉAL.

Leur bébé serait une fille, Aster en avait la quasi-certitude; en Inde, c'était les filles qu'on donnait. Ou qu'on négligeait et qu'on laissait mourir de fièvre ou de malnutrition. Ou encore, qu'on tuait délibérément avant la naissance dès qu'on connaissait le sexe de l'enfant. Aster soutenait le droit à l'avortement, mais elle ne pouvait parfois s'empêcher de songer à ce gaspillage quotidien, à la perte, au meurtre d'enfants indiens en bonne santé susceptibles d'être aimés.

Et depuis le procès Roe contre Wade *, d'enfants américains. Elle et Clark s'étaient fait piéger dans une poche d'histoire : trente ans plus tôt, des gens comme eux n'auraient eu que l'embarras du choix, pour adopter un bébé. Un jour peut-être, la Cour suprême abrogerait cette loi. Mais ils ne pouvaient attendre; déjà, elle avait quarante ans, Clark quarante et un : trop vieux au gré des agences américaines. Car ces institu-

* Arrêt de la Cour suprême datant de 1973, selon lequel les différents états ne peuvent empêcher une femme de subir un avortement. *(N.d.T.)*

tions travaillaient ainsi : elles vous faisaient patienter quatre, cinq, six ans, et ensuite, elles vous disaient que vous étiez trop vieux. Cette fois, ils jouaient leur dernière carte.

Aster se réjouissait à l'idée d'avoir une petite fille. Elle ne l'avouait pas cependant, pas plus que Clark n'avouait encore désirer un garçon, comme il le clamait au temps où ils croyaient être un couple sans problèmes. « Un Clark Stockwell IV d'abord, et ensuite, ce que tu voudras », avait-il déclaré en plaisantant, à l'époque où ils plaisantaient encore sur ces choses-là. Peut-être espérait-il toujours un garçon, même à présent.

C'était si terrible, si injuste, de devoir attendre dans des bureaux, demander des faveurs à des étrangers, étaler leur situation financière, être soumis à l'inspection et au jugement d'autrui. Pendant ce temps-là, des couples à l'évidence instables, irresponsables, ou même cruels et dérangés, avaient des enfants à la chaîne. Même en Amérique, elle ne pouvait se rendre au centre commercial sans y voir une mère incapable, énervée, suivie de malheureux enfants débraillés dont elle ne semblait pas vouloir. Qu'elle ne méritait pas.

Il en allait de même ici. Delhi regorgeait de femmes déguenillées à l'air harassé qui portaient un bébé à demi nu sur leur dos et en traînaient un autre par la main. Et, peut-être pire, d'enfants mendiants ; maigres, sales, nu-pieds, certains d'entre eux âgés d'à peine quatre ou cinq ans. Partout où vous alliez, ils se pressaient autour de vous, vous tapotaient le bras, tiraient sur vos vêtements en criant : « Bakchich, bakchich ! » Impossible de distinguer ceux qui se trouvaient vraiment dans le besoin de ceux qui prétendaient seulement l'être. En fin de compte, la seule solution était de ne rien leur donner, jamais.

« Souviens-toi de ce que disait le guide : ne donnez jamais rien aux mendiants », avait-elle rappelé à Clark le jour de leur arrivée à Delhi, quand à la sortie de l'aéroport, ils avaient pénétré dans la chaleur suffocante au milieu d'une horde de gamins maigres et bruyants.

« Désolé », avait-il répondu en la suivant à l'intérieur d'un taxi dont il claqua la portière. « Il s'agissait juste de quelques petites pièces en fer-blanc... Ça suffit, maintenant, c'est tout ! »

Mais de plus en plus d'enfants en haillons apparurent, comme surgis de nulle part, criant de leurs voix aiguës et tendant leurs fines mains noires. Même après qu'Aster eut remonté les fenêtres, les enfants continuèrent à presser leurs visages et leurs mains sales contre les vitres en la fixant de leurs yeux d'encre liquide, jusqu'à ce que le taxi les fasse lâcher prise en accélérant.

« Je ne comprends pas pourquoi il n'existe aucune agence cherchant à trouver un foyer pour ces gosses », avait-elle confié à Clark ce même soir, lorsqu'en allant se promener le long de Janpath, ils avaient dû entrer dans un magasin de souvenirs pour échapper aux mendiants – des enfants, mais aussi des grands-mères ratatinées portant des saris râpés ; des gnomes androgynes édentés au nez ou aux mains rongés par la lèpre ; des adolescents inquiétants aux visages balafrés par des couteaux.

« Ce serait impossible », avait répondu Clark. Sous la lumière crue du magasin et le miroitement des plateaux, des bols et des chandeliers en cuivre, il semblait épuisé. « Des enfants comme ça, personne n'en voudrait. Ils ont des maladies chroniques, une mauvaise hérédité, risquent d'être attardés. En plus, la plupart d'entre eux ont probablement déjà des parents, ou tout au moins, quelqu'un à qui ils appartiennent. Quelqu'un qui leur apprend à mendier, qui vit à leurs crochets. »

Son visage prit la même expression que lorsqu'il rencontrait de sérieuses difficultés dans son travail : lèvres serrées, yeux plissés. Il portait ce masque de plus en plus souvent, se dit Aster; comme maintenant, tandis qu'il était allongé sur un transat au bord de la piscine, sa casquette de cricket en toile rabattue sur les yeux, ses longues jambes pâles protégées du soleil par une serviette à rayures bleues de l'hôtel.

Mais cela n'a aucune importance, se dit-elle. Bientôt, ils auraient leur petite fille. Ils l'emmèneraient chez eux, l'installeraient dans la chambre qui l'attendait, avec le gros ours blanc en peluche, le mobile « oiseaux » suspendu au-dessus du berceau. Ils se parleraient à nouveau.

« Ça va marcher, déclara Aster trois heures plus tard en rentrant dans leur chambre d'hôtel. J'en suis sûre.

– Tu as peut-être raison. » Clark soupira. « Bon sang, j'ai besoin de prendre une douche.

– Moi aussi, dit-elle en le suivant dans la salle de bain. Mrs. Bannerjee souriait beaucoup plus, tu n'as pas trouvé?

– Elle sourit tout le temps.

– Et elle a promis d'appeler plus tard pour des précisions. » Aster ôta sa robe de coton et son soutien-gorge humide qui la serrait.

« Mm. Toi d'abord. »

Clark est si circonspect, pensa-t-elle en se tenant nue sous le jet d'eau tiède. Mais je sais que nous allons avoir notre bébé. Un enfant au moins sera sauvé de la confusion, de la misère, et de la violence de l'Inde ; sa vie sera changée pour toujours, son avenir assuré.

« À toi », dit-elle en attrapant une serviette.

Quoique légèrement plus fraîche que l'extérieur, la chambre était tiède. Sans prendre la peine d'enfiler une robe de chambre, Aster s'allongea sur le couvre-lit à fleurs.

« Ça va mieux. » Nu également, Clark s'assit à côté d'elle, puis se rapprocha. « Aster ? Que dirais-tu d'un petit câlin ?

– Pourquoi pas ? » Elle sourit. Le seul aspect positif de New Delhi avait été son effet bénéfique sur leur relation physique. Six ans plus tôt, lorsque Clark et Aster s'étaient aperçus qu'elle n'allait pas être enceinte immédiatement, le sexe était devenu d'abord une affaire lourde de signification, plus tard, de calculs méthodiques, de graphiques et de thermomètres. Quand il fut prouvé à maintes reprises que tout effort s'avérait inutile, ils étaient épuisés, réduits à des gestes d'affection routiniers où se mêlait parfois un soulagement de leur tension.

Mais à New Delhi, ils avaient eu du temps pour se reposer, se rétablir ; du temps pour expérimenter.

« Oh, chéri », murmura Aster vingt minutes plus tard. Malgré l'air conditionné, elle était à nouveau couverte d'un film tiède et humide. « Je me sens si bien.

– C'est merveilleux.

– C'est comme si, je ne sais pas, j'avais des picotements partout, surtout dans les seins.

– Umhm... Oh, zut. » La sonnerie du téléphone posé à côté de l'autre lit jumeau venait de retentir ; Clark se précipita pour répondre.

« Clark Stockwell à l'appareil... Oui ? » Il y eut un long silence, durant lequel il tira le couvre-lit sur ses jambes, comme pour se soustraire au regard du téléphone. Aster s'appuya sur un coude; elle sentit une douleur lui traverser l'estomac, comme une nausée.

« Oui, mais je pensais... » Autre silence, si long cette fois-ci qu'Aster se redressa, puis alla s'agenouiller à côté de Clark.

« Non. Je croyais que vous aviez déjà approuvé... » Clark avait la même voix neutre et solennelle que lorsqu'un client, ignorant des bons usages professionnels, l'appelait à la maison.

« Que se passe-t-il? s'écria Aster pendant qu'il reposait l'écouteur.

– Je suis désolé, chérie. » Clark s'éclaircit la gorge avec un bruit de râpe. « L'agence a rejeté notre demande.

– Non! Pourquoi?

– Ils refusent de donner une explication. Ils disent que c'est contraire à leur politique. » Clark se racla à nouveau la gorge. « Je ne sais pas... Ça pourrait bien être ce qu'on craignait : ils nous trouvent trop vieux.

– Mais c'est complètement absurde! Mrs. Fogel nous avait assuré que cela n'aurait aucune importance... De toute façon, l'Amérique n'est pas l'Inde : notre espérance de vie est en moyenne, je ne sais pas, de soixante-quinze ans? Un enfant né maintenant aura plus de trente ans d'ici là. Nous devons leur expliquer, nous devons le leur dire...

– Je ne crois pas que cela changera quelque chose. Mrs. Bannerjee semblait catégorique.

– Je m'en fiche. Je vais les rappeler. »

Clark ne dit ni oui ni non; il demeura assis pendant qu'Aster se débattait avec le standard de l'hôtel et le réseau téléphonique de New Delhi. Sans se soucier plus longtemps de paraître hystérique, insistante, une mère inadéquate, elle exigea de parler à toutes les personnes qu'ils avaient rencontrées, protestant, discutant, mendiant, essayant en vain de franchir l'écran des regrets polis.

« Il sont tous si impossibles, si ignorants! s'écria-t-elle après avoir raccroché. Je déteste cette grosse Mrs. Bannerjee, je les déteste tous. » Elle ravala un sanglot. « Écoute, Clark, pourquoi n'appelles-tu pas le directeur? Les hommes ont beaucoup plus de poids que les femmes dans ce pays, il t'écoutera peut-être. »

Son mari secoua la tête.

« Ça ne changera rien », répéta-t-il.

Clark ne comprend pas, pensa-t-elle. Et quand nous avons fait l'amour, juste maintenant, il n'a même pas dit qu'il m'aimait. Et si nous ne nous aimons pas, nous ne pourrons pas rester ensemble après un tel échec; personne ne le pourrait.

Pendant tout le reste de la soirée, tandis qu'Aster enrageait et sanglotait, Clark resta de glace. Il avait bu deux verres avant le dîner, et presque une bouteille de vin, mais sans aucun effet apparent. Aster, qui pourtant avait moins bu, s'était sentie rapidement éméchée. À dix heures, étourdie, elle pleurait de rage sous la douche qui coulait sur son corps comme si elle aussi pleurait.

« Je n'arrive toujours pas à le croire, je n'arrive toujours pas à l'accepter, gémit-elle en s'effondrant sur son lit.

– Je sais, chérie. Je suis vraiment désolé », marmonna Clark depuis l'autre lit, la voix épaissie par l'alcool et l'épuisement. Quelques minutes plus tard, il respirait bruyamment, régulièrement – il ronflait presque. Éveillée, Aster regardait la lumière tremblotante à travers les stores en entendant l'horrible brouhaha de l'hôtel : le tintement grinçant de la musique discordante, les gémissements de l'ascenseur entrecoupés de claquements, le bruit lointain, moqueur, semblable aux pleurs d'un enfant.

Elle finit par s'endormir, mais elle se réveilla malade et fatiguée. Au petit déjeuner, la vue des œufs frits tremblant dans son assiette lui donna mal au cœur. Quand Clark se proposa d'aller à l'agence de voyages pour réserver un vol de retour, elle se rendit d'un pas chancelant jusqu'à leur chambre et elle y demeura, abattue et étourdie.

Clark revint une demi-heure plus tard. Ils avaient de la chance, ils pouvaient rentrer chez eux le soir même ; mais pourquoi ne retarderaient-ils pas plutôt leur départ pour visiter l'Inde un peu mieux, pendant qu'ils étaient sur place ? Pourquoi ne pas aller dans une ville d'altitude, fraîche et pittoresque ?

« Regarde, voilà plusieurs destinations possibles. » Clark lui tendit un éventail de brochures multicolores. « Je crois que nous devrions aller quelque part, pour que ce voyage ne soit pas complètement gâché. »

Aster repoussa les brochures d'un geste de la main, les envoyant s'éparpiller sur la moquette.

« Mais il est gâché ! Tout est gâché, tout ce que nous avons fait depuis des années est gâché. Je déteste l'Inde.

– Dans ce cas, nous pourrions essayer le Népal. Il paraît qu'il y a un très bon hôtel à Katmandou, et à cette saison...

– Je ne veux aller nulle part. » Aster se remit à pleurer, secouée par des sanglots d'épuisement, vides, rapides, et secs. « Je veux juste rentrer à la maison.

– Oh, chérie ! Je suis vraiment désolé, dit Clark,

peut-être pour la troisième fois en vingt-quatre heures. Comme tu voudras. »

Pourquoi s'excuse-t-il sans cesse auprès de moi? se demanda-t-elle quand son mari fut reparti à l'agence de voyages.

... C'est parce que c'est plus difficile pour toi, dit la voix ténue dans sa tête. En vérité, Clark ne veut pas d'une petite fille indienne à la peau brune; il n'en a jamais voulu. Il est comme ses parents : ce qu'il voulait, c'était un enfant qui lui ressemble.

Mais Clark peut encore obtenir ce qu'il veut, pensa Aster en commençant à plier des vêtements dans la valise. Quarante et un ans n'est pas vieux pour un homme; il peut se remarier et avoir des enfants. Elle devinait même la femme qu'il choisirait : l'une des jeunes et brillantes assistantes juridiques qui travaillaient dans son étude. Il était séduisant, bien élevé, brillant, intelligent. De nombreuses jeunes femmes seraient heureuses de l'épouser et de lui donner un Clark Stockwell IV.

Il aurait déjà pu en épouser une, se dit Aster en ouvrant un autre tiroir dont elle sortit une pile de tee-shirts. Mais il est resté avec moi, même quand il a su qu'il n'y aurait jamais de véritable Clark Stockwell IV. Il m'a accompagnée dans toutes ces agences, à toutes ces entrevues, et il est venu en Inde avec moi, parce que je voulais un bébé indien. Il est venu pour moi, parce qu'il m'aimait.

Oui, et moi aussi je l'aime, pensa-t-elle. Mais à quoi bon? Elle avait atteint le tiroir du bas à présent, où se trouvaient des vêtements chauds qu'elle n'avait jamais portés depuis leur départ, et quelques articles de toilette. Une trousse de secours, un paquet de couches-culottes qu'ils n'utiliseraient jamais, une boîte intacte de serviettes périodiques nommées *Always*... Pourquoi avait-elle choisi une marque avec un nom aussi ironique, un nom qui lui promettait qu'elle ne serait jamais enceinte, qu'elle saignerait chaque mois, toujours, jusqu'à ce qu'elle soit trop vieille pour saigner?

Intacte? Mais cela devait faire presque un mois qu'ils se trouvaient en Inde. Elle aurait dû avoir ses règles depuis longtemps maintenant. Ce devait être la chaleur, le décalage horaire, l'inquiétude et la tristesse, qui les avaient retardées – Aster lâcha sa brassée de vêtements sur le lit et prit son agenda de poche –, retardées de plus de trois semaines.

Ça ne peut pas être ça, pensa-t-elle, sans même oser nommer l'autre possibilité. Pas après toutes ces années. Mais les haut-le-cœur tous les matins depuis environ une semaine, la sensation de picotement et de dilatation dans sa poitrine...

Dans sa tête réapparut la statue de Laksmī, semblable à un personnage de Disneyland. « Je sais quelque chose que tu ignores », semblait-elle lui dire à nouveau, mais cette fois, elle arborait un sourire amical et satisfait.

Je n'en parlerai pas, se promit Aster. Pas encore, pas avant d'être rentrée et d'avoir vu le Dr. Stewart. Ce n'est pas possible; mais si ça l'était?

Après avoir payé l'hôtel et dîné, il leur restait encore une heure avant de partir à l'aéroport. Pour la dernière fois, ils descendirent l'allée de l'hôtel et tournèrent dans Janpath où ils furent accueillis par la brume mauve de chaleur du soir, et l'habituelle horde de mendiants.

« Pas de bakchich! » insistait Clark en se faufilant jusqu'à un magasin vendant des articles de cuir qui feraient de bons cadeaux de dernière minute pour les gens de l'étude. Pendant qu'il passait en revue des piles de portefeuilles teints et ouvragés, Aster, restée sur le pas de la porte, regardait passer la foule d'Indiens et d'étrangers : de tous âges, de toutes races, de toutes couleurs.

Soudain, sous un arbre planté à l'autre bout du trottoir, la statue de la déesse Laksmī apparut : une jeune femme aux yeux sombres, pourvue de cheveux noirs emmêlés lui tombant à la taille et de quatre bras nus. C'était impossible, bien sûr, mais indéniable : un bras mince qui tenait les pans de son sari, un autre étendu, deux bras plus petits qui s'agitaient au-dessus de ses épaules, et le même petit sourire entendu. Aster se sentit fiévreuse et sur le point de vomir; peut-être devenait-elle folle.

La statue de Laksmī bougea, se retourna; Aster s'aperçut que sur son dos, enveloppé dans un châle et la tête à demi dissimulée par la sienne, se trouvait un petit enfant, le propriétaire de la deuxième paire de bras. Il s'agissait d'êtres réels, de mendiants à la peau très foncée – des bohémiens, peut-être –, contrairement à la pâle déesse.

La mendiante vit qu'Aster l'observait; elle s'approcha en tendant l'une de ses quatre mains. Par-dessus les épaules de sa mère, l'enfant la regarda lui aussi de ses yeux couleur de mûre, puis il poussa une faible plainte aiguë. Comme hypnotisée, Aster s'avança vers eux. Elle ouvrit son sac, plongea la main à l'intérieur, et en retira la liasse de billets qu'elle avait l'intention de changer à l'aéroport.

« Bon, nous ferions mieux de retourner à l'hôtel, dit la voix de Clark derrière elle. Aster? Qu'est-ce que tu fais? » Mais il arriva trop tard. La fine main sale de la bohémienne s'était refermée sur les billets; elle fit demi-tour et s'éloigna rapidement.

Devant la chance de leur collègue, d'autres mendiants se ruèrent sur Aster et agrippèrent ses vêtements en se lamentant. Mais Clark saisit sa femme par le bras et l'attira dans le magasin.

« Que se passe-t-il? Combien as-tu donné à cette fille?

– Je ne sais pas. Tout, répondit Aster en haletant. Elle était si maigre. Et son bébé pleurait.

– Mais chérie, dit Clark en passant son bras autour de ses épaules. Tu avais presque cinquante dollars en roupies.

– Je m'en fiche. Je voulais faire quelque chose, changer quelque chose pour quelqu'un...

– Eh bien, je crois que tu as réussi. » Il rit. « Cinquante dollars, ça représente une année de revenus pour une fille comme ça, peut-être même plus.

– Je m'en fiche, répéta Aster d'une voix tremblante.

– Oh, chérie! » La voix de Clark tremblait aussi à présent. « Je suis vraiment désolé.

– Je sais, dit Aster en se penchant vers lui.

– Ça va?

– Ça va. Je t'assure. » Elle sourit.

Dans le crépuscule naissant, ils retournèrent à l'hôtel. À mi-chemin, Aster aperçut à nouveau la jeune mendiante qui se faufilait à travers la foule. Son bébé ne pleurait plus, et il n'agitait plus les bras; il dormait lourdement contre le dos de sa mère, enveloppé dans un pan de son châle en guenilles.

Plus d'un an de revenus, se dit Aster. Même si ce que je crois n'est pas vrai, il s'est passé quelque chose en Inde. J'ai fait quelque chose pour cette femme et son bébé. Peut-être même ai-je changé leur vie.

« Le savez-vous ? Moi aussi, j'ai changé votre vie ! » Les mots résonnèrent si fort dans sa tête qu'Aster fut certaine d'avoir parlé. Mais la bohémienne continua sans l'entendre, puis disparut dans la foule bruyante et gesticulante, dans la ville enfumée de plus en plus sombre.

Les gros

Je n'ai jamais vu de fantômes agitant des draps, de cavaliers sans tête, de manoirs hantés, ni rien de ce genre. Mais une fois, il s'est passé quelque chose d'étrange...

C'est arrivé il y a quelque temps, quand Scott participait à un programme de recherches en Inde. Tout d'abord, j'ai commencé à remarquer les gros. J'en voyais certains chiper des crevettes et s'empiffrer d'œufs durs aux soirées; j'en voyais d'autres se balader le long de Cayuga Street avec le pas balançant des obèses, ou passer en revue des robes d'intérieur de taille démesurée dans les grands magasins. D'autres encore achetaient des cornets de pop-corn au ciné, faisaient la queue devant moi à la poste ou à la banque, mettaient de l'essence dans leurs pick-up lorsque j'allais au garage.

Je n'y faisais pas très attention, au début; comme je suivais un régime, je pensais être plus sensible à la vue de ceux qui auraient dû faire la même chose. J'avais l'intention de perdre huit kilos pendant l'absence de

Scott – dix, si possible, à cause d'une réflexion qu'il avait faite juste avant de partir.

Nous nous trouvions à l'aéroport par une journée d'avril froide et pluvieuse, et en attendant l'avion de Scott, nous tentions d'alimenter la conversation en répétant des choses que nous avions déjà dites. Ce n'était pas la première fois que je voyais Scott partir en voyage; mais cette fois-ci, il devait s'absenter pour plus de trois mois. Il aurait aimé que je l'accompagne, disait-il, et il promettait de m'envoyer un télégramme en arrivant à Delhi puis de m'écrire deux fois par semaine; il m'assura qu'il m'aimait et me rappela une nouvelle fois de vérifier l'huile de la Honda. Je lui répondis que je n'y manquerais pas, et je lui demandai s'il voulait que je fasse autre chose en son absence.

Puis le vol fut annoncé, et nous nous jetâmes dans les bras l'un de l'autre. Nous portions tous deux d'épais anoraks, et cette scène me sembla irréelle. Étouffant, je lui dis que nous ressemblions à deux tas de vêtements enlacés. Et Scott déclara : « Eh bien, il y a quelque chose que nous pourrions faire pendant que je suis en Inde, Ellie; nous pourrions perdre quelques kilos ». Tandis qu'il m'embrassait, j'essayais de ne pas m'effondrer en hurlant.

Scott passa ensuite sous le détecteur de métal, pénétra dans la salle d'embarquement, puis il s'éloigna sur le goudron humide avec son sac de voyage – rapetissant peu à peu – et gravit les marches de la passerelle. Ce n'est pas avant de revenir dans la salle d'attente principale où, derrière une vitre embuée et larmoyante, je regardais son avion rétrécir et se fondre dans le brouillard, que je pris pleinement conscience de sa dernière remarque.

Je revins à la résidence de Pine Grove où j'ôtai mon

énorme blouson pour me regarder dans le miroir fixé à l'intérieur de la penderie. Je savais que j'étais bien en chair, que je pesais le poids maximum en rapport avec ma taille, mais cela ne m'avait jamais inquiétée auparavant. Et à ma connaissance, mon embonpoint n'avait jamais ennuyé Scott, lui aussi d'ailleurs assez corpulent. Peut-être avait-il juste voulu plaisanter en parlant de perdre quelques kilos. Mais c'était les dernières paroles que je l'avais entendu prononcer avant de le voir s'envoler pour trois mois. Ou pour toujours : car l'Inde se trouvait si loin, connaissait tant d'émeutes et de maladies; les habitants d'un des villages où il se rendait refuseraient peut-être de changer leurs techniques agricoles millénaires et tueraient Scott avec de longs couteaux décorés aux lames sinueuses, ou bien ils lui serviraient du curry agrémenté de poisons indétectables, eux aussi millénaires.

Je savais que de telles pensées portaient malheur, Scott l'avait dit lui-même. Je regardai à nouveau le miroir, en me tournant de profil. D'habitude, j'étais satisfaite par ce que j'y voyais, mais à présent, je m'aperçus que, lorsque je ne retenais pas ma respiration, mon ventre pointait autant que ma poitrine.

J'avais dû prendre quelques kilos durant l'hiver. Soit. Ils ne seraient sûrement pas trop difficiles à perdre. Maigrir pouvait devenir un but, une occupation pour meubler l'absence de Scott. Je n'en parlerais pas dans mes lettres, afin de lui faire la surprise à son retour. « Ouah, Ellie! dirait-il, tu es superbe. »

Mais perdre ces kilos s'avéra moins facile que prévu. Deux semaines plus tard, je pesais exactement le même poids. Car tous nos amis m'invitaient constamment à dîner et ils me servaient des repas qu'il aurait été honteux de refuser, pour ne pas dire impoli.

Et le soir, quand je n'avais nulle part où aller, je tournais en rond dans l'appartement jusqu'au moment où j'allais à la cuisine pour ouvrir le frigo, histoire de m'occuper.

C'est à peu près à cette époque que je me mis à remarquer le nombre de gros qu'on voyait en ville. De tous genres et de tous âges : sportifs du dimanche corpulents s'extirpant de voitures elles aussi corpulentes; clochards poussant des chariots rouillés pleins à craquer de bouteilles et de paquets. Vieillards énormes se dandinant dans le centre commercial tels des pères Noël en vacances, adolescents empâtés couverts d'acné, bébés si rebondis qu'ils avaient du mal à mettre leur pouce à la bouche.

Bien sûr, j'avais déjà vu des gens comme ça de temps en temps, mais à présent, il semblait y en avoir partout. Au début, j'ai pensé qu'il s'agissait d'une coïncidence, et que j'étais obsédée par mon régime. Mais loin de me déranger, leur présence tendait plutôt à me rassurer. Lorsque des élèves de terminale venaient s'inscrire à l'université et tentaient de faire tenir leurs derrières sur la chaise située près de mon bureau, je leur posais les questions habituelles avec un sourire aimable en me disant : « Eh bien au moins, je ne ressemble pas à ça ».

Sachant que j'essayais de perdre du poids, mes parents voulurent m'aider, mais ils ne firent que rendre les choses plus difficiles. Chaque fois que j'allais à la maison pour le repas dominical, papa me demandait aussitôt si j'avais reçu des nouvelles de Scott. Il était parti depuis plus de trois semaines, mais je devais toujours me contenter de répondre : « Non, rien depuis le télégramme », puis leur rappeler qu'on nous avait prévenus de la lenteur du service postal.

Ensuite, nous passions à table, et maman m'apportait mon assiette où un morceau de poulet insignifiant trônait au milieu d'un boisseau de légumes, comme si j'avais été dans un genre de camp de concentration pour gros. Les salades commençaient toutes à avoir le goût aigre des sauces basses calories, et il n'y avait plus que des fruits en dessert : morceaux de pastèque ou d'orange parsemés de copeaux de noix de coco semblables à de petits vers blancs sous-alimentés.

Pendant toute la durée du repas, maman et papa ne refaisaient plus allusion à Scott, pour éviter de me contrarier. Rien dans la salle à manger n'évoquait mon compagnon, et bien sûr, son couvert n'était pas dressé. C'était comme s'il avait disparu, peut-être même comme s'il n'avait jamais existé. À la fin du repas, j'avais tellement le cafard que je devais m'arrêter en rentrant pour m'acheter un demi-litre de glace au chocolat.

J'accrochais mon manteau, allumais la télévision, puis je me servais exactement une demi-tasse de crème glacée, cent cinq calories, moins qu'un petit pain. Je mettais le reste au freezer en me sentant vertueuse. Mais quand arrivaient les publicités, j'allais le rouvrir pour en manger quelques cuillérées de plus. Et le processus entier se répétait ensuite, au rythme des pubs, jusqu'à ce que le pot en carton soit raclé jusqu'à la cire.

Scott devait être parti depuis quatre semaines, et je pesais toujours le même poids, même lorsque je dansais d'un pied sur l'autre pour faire descendre l'aiguille de la balance. Je n'avais jamais tenté de maigrir auparavant; j'avais toujours trouvé ridicule l'agonie qu'enduraient les gens au régime. Je m'étais même un peu révoltée en constatant qu'une de mes amies mariées rechignait plus à prendre une deuxième part de tarte aux pêches qu'un amant. Culpabilité déplacée, pensais-je.

À présent, je montrais la même hystérie à l'égard de la nourriture. Je passais tout l'après-midi à rêver d'un fondant au chocolat que je n'avais pas mangé au déjeuner; puis, quand je finissais par craquer et en commander un, j'inventais tout un tas d'excuses : « Je n'ai pas promis à Scott de maigrir », « C'est injuste de demander à quelqu'un de renoncer à la nourriture et à l'amour en même temps ».

Je me mis à lire tous les articles que je sautais habituellement sur l'art et la manière de perdre du poids, et à emprunter des livres à la bibliothèque. Pendant les deux semaines suivantes, j'essayai des régimes incroyables les uns après les autres : sans hydrocarbonates, sans matières grasses, pamplemousses-corn-flakes, bœuf séché-bananes-lait écrémé. Mais je n'arrivais pas à en suivre un seul. Tout se mettait à aller de travers la nuit, quand je pensais qu'après avoir envoyé neuf lettres à Scott, je n'en avais toujours reçu aucune. Je restais au lit en me demandant où il pouvait bien se trouver et ce qu'il fabriquait. Et très vite, j'avais faim, une faim de loup.

Une autre chose me préoccupait, surtout quand je ruminais quelque salade lyophilisée ou sucrais mon café au Candérel : qu'est-ce que Scott, en supposant qu'il soit toujours en vie, pouvait bien manger à l'autre bout du monde? Si lui n'était pas au régime, à quoi servaient mes sacrifices? me disais-je en m'emparant de la sauce au roquefort ou en ajoutant du lait et de la crème dans mon café. Il ne parlait pas sérieusement. Mais s'il avait été sérieux? Si Scott devenait chaque jour plus mince et plus alerte, que penserait-il en apprenant que je n'avais pas perdu un seul kilo en presque cinq semaines?

Mes efforts solitaires ne donnaient aucun résultat. Il me fallait de l'aide, et je savais où en trouver : Dale, une jeune fille qui travaillait au bureau des admissions. Elle n'avait que deux ou trois ans de plus que moi – dans les vingt-six, peut-être – mais en deux mois, elle avait pratiquement réorganisé tous nos dossiers, et à l'évidence, elle menait fermement sa vie. Brune, elle avait un visage de caniche et une silhouette mince et régulière; on avait l'impression que ses cheveux n'osaient jamais se décoiffer, et qu'elle ne pesait jamais un gramme de plus que prévu.

Je me disais que Dale aurait des idées au sujet de mon problème, car elle parlait tout le temps de nouveaux régimes intéressants. Et chaque fois qu'une personne vraiment corpulente entrait dans le bureau, elle poussait une sorte de jappement discret, et déclarait ensuite à quel point elle plaignait les gens qui se laissaient aller physiquement. « Dieu seul sait comment cet hippopotame va pouvoir réussir les épreuves sportives », disait-elle. « La mère de cette fille devrait figurer dans un cirque, elle ne ressemble guère à un être humain. » Et je me demandais si je paraissais humaine aux yeux de Dale.

Alors, un jour où nous étions seules aux toilettes, je lui dis que j'essayais de perdre du poids. Dale s'enflamma comme une allumette. « Oui, je crois que c'est une bonne idée, Ellie », s'exclama-t-elle en regardant son corps puis le mien, le caniche et l'hippopotame, dans le miroir accroché au-dessus des lavabos. « Et j'aimerais vous aider, si vous le voulez bien.

– D'accord, merci. » Je ne savais pas du tout dans quoi je me lançais.

En revenant au bureau, Dale m'expliqua que professionnellement, l'excès de poids représentait un handicap. Tout le monde savait que les gros progressaient moins vite au sein de la hiérarchie. De plus, avoir de la graisse faisait vulgaire : la duchesse de Windsor avait déclaré qu'on ne pouvait jamais être trop riche ou trop mince. Quand je répondis qu'il n'y avait aucun danger pour que je devienne un jour l'un ou l'autre, Dale ne rit pas. Elle imprima la citation de la duchesse de Windsor en énormes majuscules sur son traitement de texte, puis elle l'accrocha sur le côté de mon armoire à dossiers avec deux aimants en forme d'ananas.

Dale me persuada ensuite d'aller consulter un médecin pour avoir la certitude que j'étais en bonne santé, comme ils le conseillent dans tous les livres de régime. Puis elle se mit à organiser ma vie. Elle m'inscrivit à un cours d'aérobic, me força à aller courir tous les jours après le travail, quel que soit le temps. Ensuite, elle s'invita chez moi pour faire le ménage dans les placards et le réfrigérateur. Paquets de bretzels et de biscuits salés, beurre, fromages crémeux et assiettes anglaises, miche de pain aux raisins et à la cannelle, près d'une livre de bacon... Dale empaqueta le tout et nous le portâmes à la soupe populaire du coin. Je faillis paniquer en voyant disparaître toute cette bonne nourriture, mais ceci me donna également de l'espoir.

Le lendemain, Dale apporta un compteur de calories, et planifia mes repas pour la semaine. Elle avait fait un graphique sur lequel elle reportait mon poids chaque matin.

Mais la balance indiquait toujours les mêmes chiffres. Si mon appartement était vide, les magasins, eux, ne l'étaient pas. J'allais acheter du céleri, du fromage blanc et du riz soufflé, mais en poussant mon chariot dans le dernier rayon, j'avais l'impression que les paquets de biscuits m'appelaient, surtout les gâteaux au chocolat et les bouchées à la guimauve. Je les entendais presque crier dans leurs emballages de cellophane, avec leurs petites voix sucrées : « Ellie, Ellie ! Nous sommes là, Ellie ! »

Quand je lui avouai avoir fait quelques entorses à mon régime, Dale ne perdit pas son sang-froid. « Ne vous en faites pas, Ellie, ce n'est pas grave, dit-elle. Je sais ce que nous allons faire. À partir d'aujourd'hui, vous ne vous approcherez plus d'un supermarché toute seule. J'irai faire les courses avec vous deux fois par semaine en sortant du bureau. »

Elle m'accompagna donc au supermarché le lendemain. Mais à peine se trouva-t-elle à quelques mètres devant moi dans le rayon boulangerie-pâtisserie que je me mis à dériver vers un plateau de croissants à l'abricot. Dale se retourna et secoua ses boucles de caniche en disant : « C'est très mal » – ce qui me rendit folle, puisque je n'avais encore rien fait de mal – puis elle m'attrapa par le bras et m'entraîna rapidement plus loin.

Il y avait plusieurs obèses dans le supermarché ce jour-là, comme toujours depuis ces derniers temps. En faisant la queue pour payer une cargaison de légumes dont seul un lapin aurait pu avoir envie, je remarquai une fille blonde vraiment énorme d'environ mon âge qui quittait la caisse voisine. Son chariot était plein de sacs en papier d'où émergeaient deux boîtes en carton rebondies bourrées de pâtisseries, un sachet de chips, et une grande bouteille de Coca. En passant devant nous, la grosse fille prit un paquet de Mars, l'ouvrit, et m'adressa un demi-sourire comme pour dire : « Allez, Ellie, prends-en un ».

Je regardai Dale en pensant qu'elle allait faire un commentaire peu flatteur, mais elle ne dit rien. Peut-être n'avait-elle pas encore vu la grosse fille. Ce qui me sembla étrange, c'est qu'en me retournant, je ne la vis pas non plus; elle devait être vraiment pressée de rentrer chez elle. Et elle allait passer un sacré bon moment en arrivant.

Une autre semaine interminable s'écoula, peuplée de carottes, de sodas de régime, de plats surgelés Weight Watchers, et sans nouvelles de Scott. Mon régime ne donnait guère de résultats. Je perdais un kilo, puis j'allais à un dîner ou à une soirée, et j'en reprenais deux ou trois. Au lieu de maigrir, je grossissais.

Et je voyais toujours des gros, de plus en plus. Je tentais de me convaincre que je les remarquais parce qu'ils n'étaient plus dissimulés sous leurs vêtements d'hiver. Pourtant, une chose me tracassait : ils n'étaient pas seulement potelés, mais énormes.

Le premier jour où j'eus la certitude qu'il se passait quelque chose d'étrange, je me trouvais sur la place du marché, assise sur le bord d'un bac plein de pétunias violets gluants, en train d'écouter un orchestre au lieu de déjeuner – une idée de Dale, naturellement. Je me sentais un peu étourdie, patraque, et quand je portais la main à ma tête, elle semblait vibrer, comme si elle n'avait pas été fixée très solidement à mon corps.

Ensuite, en regardant de l'autre côté de la place, j'aperçus à travers la vitrine d'une pâtisserie deux femmes d'âge moyen boudinées dans leurs chemisiers et leurs pantalons à fleurs, telles des poupées qu'on aurait trop gonflées. Je distinguais mal leurs visages, car la lumière se réfléchissait sur la vitre; mais je voyais que l'une d'elles me regardait droit dans les yeux en désignant un plateau de tartes aux fraises énormes, avec une épaisse couche de gelée brillante couleur rubis et des festons de crème fouettée. Elle semblait vouloir me dire : « Viens en acheter une, Ellie ».

Sans même en avoir l'intention, je me levai pour me faufiler à travers la foule. Mais en arrivant devant la pâtisserie, je ne vis aucune trace des grosses femmes, et je ne les avais pas non plus vues sortir. J'avais bien été bloquée un instant par une poussette biplace, mais leur disparition demeurait inexplicable, sauf si ces deux femmes n'avaient jamais réellement existé. Soudain, j'eus mal au cœur. Je ne voulais plus de tarte aux fraises; je voulais juste aller quelque part et m'allonger, pourtant, il me fallait retourner au bureau.

En arrivant, je pris une voix indifférente pour dire à Dale : « C'est bizarre, vous savez, je n'arrête pas de voir des gens énormes ces temps-ci.

– Il y en a beaucoup, Ellie. Les Américains sont terriblement gros.

– Mais j'en vois plus. Je veux dire, plus qu'avant. Vous ne trouvez pas cela étrange?

– Vous les remarquez plus, c'est tout, répondit Dale en agrafant des formulaires à la chaîne. La plupart des gens évitent de regarder des spectacles aussi déplaisants. Ils ne voient pas les ordures infâmes qui jonchent les rues, ni la façon dont les murs s'écaillent à l'intérieur même de ce bureau. » Elle désigna du menton un angle au-dessus des portes battantes, où la peinture crème faisait des bulles et s'effritait; je ne l'avais jamais remarqué. Cette constatation me remonta un peu le moral.

« Je crois que vous avez raison. » Je savais que Dale commençait à perdre patience. Elle avait cessé de tracer la courbe de mon poids, et quand nous allions faire les courses, elle lisait désormais tout haut les étiquettes d'une voix irritée, comme si elle soupçonnait que je ne respectais pas mon régime et que je cachais chez moi un paquet de petits-beurre ou une boîte de raisins de Corinthe – ce qui parfois arrivait.

C'est à peu près à cette époque que nourriture et sexe se mélangèrent dans ma tête. Parfois, la nuit, je me réveillais en sueur, excitée par l'envie de Scott; mais la plupart du temps, c'était la nourriture qui m'excitait. Je dégustais avec gourmandise les articles sur la cuisine et les restaurants, et prenais envie de veau au paprika nappé de crème aigre aux petits oignons, ou de tarte meringuée. Un jour, après être allée chez un marchand ambulant pour acheter un hot-dog géant garni de ketchup et de condiments, je m'entendis prononcer à mi-voix : « Il fallait que je me l'envoie ». Et cette phrase me rappela la façon dont parlaient les durs dans les films à suspense. « Il fallait que je me l'envoie », disaient-ils en se mettant à discuter d'une femme comme d'un énorme dessert, déclarant qu'elle était du vrai gâteau bien roulé ou parlant de ses melons et de ses miches. Scott n'est pas vraiment du genre macho, mais il a toujours aimé les films à suspense; il dit que ça le détend pendant les voyages. Et lorsqu'il avait pris l'avion, ce jour affreux, il en avait emporté un.

Il était parti depuis plus de six semaines, et toujours aucune nouvelle depuis son télégramme de Delhi. Soit quelque chose de vraiment terrible lui était arrivé, soit il refusait délibérément d'écrire. Pendant que je faisais des infidélités à mon régime, peut-être faisait-il la même chose avec moi? Peut-être avait-il trouvé une Indienne faite au moule pour le détendre? Dès que cette idée m'eut traversé l'esprit, je tentai de l'en faire sortir, mais elle ne cessa de s'y infiltrer à nouveau.

Puis, par un après-midi ensoleillé du début du mois de juin, quand j'ouvris la boîte aux lettres en rentrant du travail, je découvris parmi les factures et les prospectus une carte postale de Scott. Aucune excuse cherchant à justifier son silence, juste une ou deux lignes à propos d'un superbe temple qu'il avait visité, et un « Je t'embrasse » griffonné. De l'autre côté s'étalait la photo d'une Indienne provocante outrageusement parée et d'une personne ou d'un dieu à tête d'éléphant, qui arboraient tous deux un sourire satisfait.

À la vue de cette carte, quelque chose en moi explosa. Depuis des semaines je me disais et répétais à tout le monde : « Si seulement je savais que Scott va bien, je me sentirais mieux ». À présent, je savais qu'il allait bien, mais ce que je ressentais n'était qu'une vague de suspicion et de colère.

Des images sorties des beaux livres que Scott avait empruntés à la bibliothèque se bousculaient dans ma tête. Je voyais des beautés exotiques resplendissantes aux yeux aussi noirs que des pruneaux, drapées de soie brillante et ornées de bijoux, me lancer des regards durs et sournois; des dieux bleus potelés presque nus avec des yeux coquins; des sculptures de temples en gros plan, taillées dans une pierre grêlée, illustrant mille et une positions amoureuses. J'eus l'idée qu'à ce moment précis, Scott les essayait toutes avec une femme à tête d'éléphant ou à la peau bleue. Je savais une telle éventualité impossible, mais il devait bien faire quelque chose dont il refusait de me parler ou dont il avait honte, sinon, il m'aurait écrit.

Je n'eus pas le cœur de monter à l'appartement. Au lieu de cela, je repris le volant de ma voiture, sans vraiment savoir où j'allais, jusqu'à ce que la Honda s'arrête d'elle-même devant un salon de dégustation dont je ne m'étais pas approchée depuis des semaines. Cinq clients se trouvaient à l'intérieur, ce qui n'avait rien d'extraordinaire à cette heure-ci de la journée. Ce qui me parut extraodinaire, c'est qu'ils étaient gros tous les cinq; pas seulement enveloppés, mais incroyablement énormes. Ils me jetèrent tous un regard amical, comme s'ils me connaissaient et avaient quelque chose à me dire.

Pendant un moment, je fus incapable de bouger. Je restai figée sur le paillasson en me demandant si je devenais folle. Cinq sur cinq; cela semblait déraisonnable, mais ils étaient bel et bien là, ou du moins, je les voyais.

Les gros savent ce que Scott manigance. Ils le savent depuis le début. C'est ce qu'ils ont essayé de me dire quand ils souriaient en me tendant des glaces ou des barres chocolatées : « Allez, ma chérie, pourquoi te priver? Tu peux mettre ta main à couper que Scott ne se prive pas, lui. »

Un énorme type avec une barbe de grizzli sortit de derrière un comptoir, m'adressa un grand sourire, et je passai ma commande. Une livre de petits fours assortis, une miche de pain à la cannelle, plus un sablé aux dattes et aux noix saupoudré de sucre glace. Sitôt assise dans la voiture, je déchirai la boîte pour casser un morceau du sablé, et la sensation fut fantastique : la pâtisserie jaune, sucrée et friable, parsemée de noix glacées; bien meilleur que l'amour avec Scott, me dis-je.

Je passai les quatre jours suivants à me goinfrer. Je finis les petits fours et le sablé le soir même, et le vendredi après-midi, je me rendis chez l'épicier à l'insu de Dale pour acheter tout ce dont je rêvais depuis des semaines : bacon, saucisses et jambon de Virginie en tranches, beurre, crème aigre et pommes de terre, bretzels, chips goût barbecue et frites surgelées. Et ce n'était que le commencement.

En arrivant au travail le lundi matin, avec une boîte contenant un assortiment de beignets à la confiture, je dis à Dale que j'abandonnais définitivement mon régime. Elle tenta de me remettre sur le droit chemin. La débauche de ce week-end n'avait pas grande importance, s'écria-t-elle. Si je sautais le déjeuner pendant toute la semaine, diminuais largement mon dîner, et courais trois kilomètres par jour, je serais à nouveau sur la bonne voie.

« Mais je ne veux pas retourner sur la bonne voie! Ça fait huit semaines que Scott est parti, et tout ce qu'il m'a envoyé, c'est une carte postale écœurante. »

Dale sembla peinée; elle se mit à parler d'amour-propre et de l'image qu'on donnait de soi, mais son discours ne prit pas.

« S'il vous plaît, laissez-moi tranquille. Je sais ce que je fais. »

Deux jours – et de nombreuses côtes de porc, pommes de terre au four, salades de poulet, barres au chocolat et aux amandes, tartes aux cerises – plus tard, je pénétrai dans mon immeuble, et après avoir calé un sac de produits hautes calories contre ma hanche, j'ouvris la boîte aux lettres.

Bon sang, je faillis en laisser tomber le sac. Le casier en métal galvanisé était bourré d'épaisses enveloppes blanches et de lettres en papier pelure bleu venues d'Inde par avion. La plupart d'entre elles semblaient avoir été ouvertes, lues, froissées, piétinées, et elles portaient toutes une multitude de tampons et d'oblitérations.

Une heure plus tard, assise sur mon canapé au

milieu de deux mois de courrier, je regardai les choses en face. Il était au régime, il le disait dans sa deuxième lettre : il ne voulait pas paraître suralimenté lorsqu'il traverserait des villages pleins de gens affamés. Très bien. Il me restait trois semaines, ce qui signifiait – je me rendis à la salle de bain, sortis la balance du fond de l'armoire où je l'avais reléguée le vendredi –, ce qui signifiait, oh, mon Dieu ! que je devais perdre plus de deux kilos par semaine juste pour retrouver le poids que je faisais au départ de Scott.

Je vécus trois semaines horribles. Je prenais des céréales avec du lait écrémé et des fruits au petit déjeuner et au déjeuner pour pouvoir travailler, mais à part ça, je ne mangeais pas grand-chose. Assez rapidement, je souffris de vertiges et de maux de tête presque constants, malgré toutes les vitamines et les minéraux que j'engloutissais, et je me sentais trop fatiguée pour faire de l'exercice. De plus, je perdais toujours moins de poids que prévu.

Ce qui rendait les choses plus difficiles encore, c'était les gros. J'en voyais partout, mais à présent, ils n'avaient plus l'air heureux ou amicaux. « Tu fais une grosse erreur, Ellie », semblaient-il me dire. Puis ils devinrent hargneux et méprisants. « Bien sûr qu'il t'a écrit, idiote, lisais-je sur leurs visages. Ça ne prouve pas qu'il n'est pas en train de se farcir une petite poulette indienne. »

Je cessai de sortir après le travail ; je n'en avais plus la force. La plupart du temps, je restais chez moi à boire du soda de régime et à relire les lettres de Scott, pour tenter de me convaincre de son existence, je crois, car je n'avais reçu aucunes autres nouvelles de lui. Ensuite, je regardais un peu la télévision, et j'allais me coucher tôt en espérant oublier la nourriture un instant. Mais pour la première fois de ma vie, je souffrais d'insomnies : je me réveillais en sursaut au milieu de la nuit et je restais allongée, tenaillée par la faim.

Le jour où Scott devait rentrer, je me réveillai à quatre heures du matin, et je fus incapable de me rendormir même en prenant du Valium. Pendant ce qui me sembla des heures, je tournai et me retournai dans le lit. Je finis par me lever pour ouvrir une canette de soda de régime et allumer la télé. Mais tous les personnages passant à l'antenne des chaînes qui diffusaient encore à cette heure-ci étaient obèses : les présentateurs minables du journal télévisé, les chanteurs punks de MTV, les comiques d'un vieux film en noir et blanc. Sur la chaîne consacrée à la météo, je devinais que la fille cachait des cuisses grosses comme des jambons sous la jupe plissée qu'elle ne cessait de faire froufrouter en désignant les zones de dépression. Puis l'image changea, et un type mou et potelé apparut en souriant entre ses joues de hamsters pour m'annoncer que le brouillard recouvrait tous les aéroports d'Europe, et que Scott n'arriverait jamais à la maison.

J'éteignis la télévision, passai un jean et un tee-shirt, puis sortis. Des bruits peuplaient la nuit tiède du mois de juin : air conditionné et ventilateurs des autres locataires, circulation de l'autoroute, avions dans le ciel. Un vent violent m'étourdissait et me malmenait; c'était cette heure trouble juste avant l'aube où l'on commence à voir les formes mais où l'on ne distingue pas encore les couleurs. Le ciel luisait d'un jaune citron pâle et maladif, mais tout le reste ne formait que de vagues masses grises.

La résidence de Pine Grove est entourée sur trois côtés par une route d'accès; je venais de tourner le coin et de m'engager dans le cul-de-sac. C'est à ce moment-là que je les aperçus, au loin, dans les arbres. Une énorme personne asexuée avec de longs cheveux filasses agitait les bras en avançant lentement dans ma direction, suivie d'autres obèses gris en colère, puis d'autres et d'autres encore.

J'avais envie de m'enfuir en courant, mais je savais que si je tournais les talons, les obèses se lanceraient à ma poursuite comme le font les enfants jouant aux bottes de sept lieues, et qu'ils m'attraperaient pour me faire Dieu sait quoi. Alors, je me mis à reculer lentement, pas à pas, jusqu'au coin de l'immeuble, le souffle court et haletant.

Il en sortait encore du sous-bois, dans la pénombre, de plus en plus, dix peut-être, ou vingt, ou cinquante, je ne sais pas. Je crus reconnaître les femmes de la pâtisserie, et le grand type avec la barbe... Puis je me rendis compte que je les entendais aussi grommeler et gémir. N'y tenant plus, je fis demi-tour et courus jusque chez moi, trébuchant dans les ornières du chemin.

Je finis par atteindre mon appartement, claquer la porte, la fermer à double tour, mettre la chaîne de sécurité et m'adosser contre le mur, pantelante, la gorge serrée. Je restai là pendant un temps interminable, à écouter ces obèses gris et gras qui me poursuivaient, qui gravissaient l'escalier en poussant des grognements et des gémissements, qui donnaient des coups contre les murs et la porte.

Puis le bruit changea. Peu à peu, il devint celui du vent qui s'engouffrait dans la cage d'escalier en béton, de l'air conditionné fonctionnant à l'étage inférieur, de l'avion de six heures et demie à destination de New York qui survolait la résidence, et d'un chien aboyant quelque part. Il faisait jour, à présent, et il était presque sept heures. Je déverrouillai ma porte, sans ôter la chaîne, et l'ouvris lentement de quelques centimètres. Le palier était vide.

Je me sentais encore exténuée, démente, mais je réussis tout de même à m'habiller, à avaler du café et à partir au travail. En chemin, je fis le tour de l'immeuble avec la Honda. Au début, je n'osais pas lever les yeux, pas même depuis l'intérieur de la voiture fermée à clé. À la lisière du bois, là où les obèses s'étaient rassemblés, il n'y avait rien que quelques vieilles touffes de reines-des-prés qui s'agitaient.

Ce soir-là, Scott rentra à la maison, avec cinq kilos de plus. Deux ou trois jours plus tard, en racontant son séjour, il déclara qu'il avait trouvé la cuisine indienne délicieuse, surtout les pâtisseries, mais que les femmes étaient difficiles à aborder et pas si jolies que ça.

« Beaucoup d'Indiens aussi sont gros, tu sais, me dit-il.

– Vraiment? » Je me demandais si Scott avait vécu une expérience aussi étrange que la mienne – expérience dont je ne lui avais toujours pas parlé; je ne voulais pas avoir l'air de friser la dépression chaque fois qu'il s'en allait.

« C'est un signe de prospérité, en fait. On en voit surtout dans les villes, bien plus que chez nous. C'est vrai, on ne voit pas beaucoup de gros par ici, n'est-ce pas?

– Non, dis-je en nous coupant une autre part de tarte à l'ananas. Pas ces derniers temps, en tout cas. »

Un autre Halloween

Il faut bien reconnaître que le fait d'avoir un jour férié pour Halloween est troublant. En effet, que célébrons-nous? Pas la révolution américaine, ni la famille, ni Dieu, ni le nouvel an, rien de ce genre. Rien de respectable. Au lieu d'être décorées de drapeaux, de houx ou de lumignons multicolores, les rues grouillent d'étranges créatures naines, de monstres, de sorcières et d'animaux courant sur leurs pattes de derrière. On a beau dire : « Oh, ce sont seulement nos gosses et les gosses des autres ». Comment en être certain?

Dans la Rome antique où, d'après ce que j'ai lu, tout a commencé, ils appelaient cette fête : le jour des morts. Car ceux-ci revenaient tous les ans, et ils ne revenaient pas en bonne santé ni de bonne humeur. Désorientés, destructeurs, les morts se comportaient comme des personnes traversant le dernier stade de la maladie d'Alzheimer. Ils se glissaient hors de leurs tombes au coucher du soleil et erraient à travers la ville, traînant leurs vêtements mortuaires pourris et bredouillant des phrases inintelligibles en latin.

Shakespeare en parlait : « Et les morts en linceul allèrent/ Poussant des cris rauques, dans les rues de Rome ». Les gens leur laissaient des soucoupes de nourriture et de boisson, puis ils se barricadaient chez eux, ce qui était probablement la chose la plus intelligente à faire.

Je n'aime pas tellement Halloween depuis ce qui est arrivé à Marguerite Robbins, une ancienne connaissance. Elle habitait juste à côté de chez nous à Corinth, quand nos enfants étaient petits, dans un lotissement de vieilles maisons en bois entassées les unes sur les autres. Il y avait pourtant de la place à l'intérieur, entre la grande cuisine à l'ancienne et la large galerie sur le devant. Je me sentais très proche de deux ou trois autres jeunes mères vivant dans notre lotissement; elles représentaient pour moi une sorte de famille, peut-être même plus qu'une famille.

Il en allait différemment avec Marguerite. Mais son fils Jamie avait le même âge que notre Joël, et comme ils étaient inséparables, nous nous voyions pratiquement tous les jours. Nous nous entendions assez bien; mais je me sentais toujours trop grande et maladroite à côté d'elle; elle semblait si délicate : très blonde, elle avait un visage rond de bébé et des mains aux doigts courts, telle une poupée de luxe. Ses ongles ressemblaient à une parure parfaite de minuscules coquillages vernis. Elle portait des gants en caoutchouc pour faire les travaux domestiques, et du maquillage même au petit déjeuner : rouge à lèvres rose pastel et fard à paupières bleu pâle.

Elle me donnait également l'impression d'être bruyante. Ses manières calmes me faisaient penser à des adjectifs tels qu'« agréables » et « cordiales ». Elle n'avait jamais grand-chose à dire, n'élevait jamais la voix, et elle détestait entendre quelqu'un d'autre le faire. Quand je sortais de mes gonds parce que Joël avait encore mouillé son lit, ou parce que la machine à laver n'essorait pas correctement, elle murmurait : « Oh, c'est vraiment pas de chance », puis elle reculait littéralement, comme si une vague charriant un paquet d'algues sales s'était brisée sur la plage trop près d'elle.

Enfin ! Les incidents étranges commencèrent au premier Halloween des Robbins, environ un mois après leur emménagement. Dans le lotissement, les enfants assez grands pour aller mendier des friandises étaient partis faire du porte-à-porte, mais Jamie et Joël étaient encore trop jeunes. Le mari de Marguerite devait assister à une réunion, et elle m'avait demandé si je voulais bien lui tenir compagnie. Au son de sa voix, je savais qu'elle s'imaginait que de jeunes voyous se préparaient à lui fracasser ses fenêtres et à l'asperger de peinture rouge quand elle ouvrirait sa porte. Je lui dis que jamais rien de tel ne s'était produit dans le voisinage, mais elle ne parut pas convaincue.

Après avoir demandé à Fred de garder la maison, je me rendis donc chez Marguerite, où nous nous installâmes dans son salon XIXe siècle en érable et en chintz qui me rappelait toujours le cabinet de notre dentiste. Sur la table située près de la porte d'entrée, elle avait posé un grand panier de golden lustrées, et des petites boîtes de raisins de Corinthe. Ce n'est pas ce que j'aurais choisi; il faut regarder les choses en face : les gosses veulent des bonbons.

Au début, tant de petits farceurs vinrent sonner à la porte que nous eûmes à peine le temps de boire notre café, mais la cadence se calma peu à peu et je pensai bientôt rentrer chez moi.

Puis la sonnette retentit à nouveau. Malgré mes huit

mois de grossesse et l'impression d'être une baignoire à roulettes, je me levai en pensant peut-être apercevoir un enfant que je connaissais. Il y avait quatre ou cinq gamins : une jolie femme-pirate, un Mickey, et deux ou trois clochards avec des moustaches et des sourcils dessinés au bouchon brûlé, mais je n'en reconnus aucun.

Marguerite leur distribua ses aliments diététiques et ferma la porte, puis elle se retourna et me demanda d'une voix tendue : « Ruthie, qui était cette enfant déguisée en lapin? »

Je ne l'avais pas remarquée, dis-je.

« Derrière les autres. Elle portait une barboteuse de Jeannot Lapin avec des pieds, et un masque blanc. »

Je secouai la tête. « Vous devez bien l'avoir vue, insista Marguerite. Environ cinq ans; elle traînait une vieille taie d'oreiller blanche fripée en guise de sac.

– Non, désolée. » Marguerite me lança un regard signifiant qu'elle me trouvait stupide et peu observatrice. Elle retourna ensuite au salon où elle se servit une autre tasse de café sans même m'en proposer une, un geste qui ne lui ressemblait vraiment pas.

« C'est juste... » dit-elle en tenant sa tasse entre ses mains de poupée; elle ne me regardait pas, mais fixait la lumière tremblotante de la citrouille éclairée posée sur la balustrade de la galerie. « Vous comprenez, quand j'étais enfant... la petite sœur d'une amie s'est fait renverser par une voiture le soir d'Halloween, et elle portait un déguisement comme celui-là. Alors, ça m'a un peu contrariée.

– Oui, bon sang, c'est tout naturel. Quelle horreur!

– Je n'étais pas vraiment concernée, en fait, dit Marguerite. Je la connaissais seulement de vue. Mais c'était vraiment affreux. Encore un peu de café?

– Non merci. » Mon visage rayonnait de compassion, tel un radiateur électrique. « C'est toujours tellement effrayant de voir des enfants se faire blesser, même quand on les connaît à peine. L'été dernier, il y avait un gosse sur le trottoir d'en face : il est tombé de son tricycle et s'est ouvert le crâne. En me précipitant vers lui, j'ai ressenti cette panique absolue... J'aurais dû me douter que ce n'était pas si grave que ça parce qu'il s'est relevé tout de suite, mais il criait très fort, et il avait le visage couvert de sang; en fin de compte, il n'a eu que deux points de suture. J'avais du mal à respirer, j'étais un peu...

– Oui, je m'en souviens, vous me l'avez déjà raconté, coupa Marguerite.

– Oh, vraiment? Désolée. » Je me tus.

« Glen ne devrait pas tarder », ajouta-t-elle en ravalant poliment un bâillement; elle n'ouvrit pas sa jolie bouche rose, mais son visage tout entier s'allongea de cette façon bien reconnaissable. Je saisis l'allusion et partis.

Bref, le temps passa, et j'en vins presque à oublier cette histoire. Je voyais souvent Marguerite, à cause des enfants, mais je ne l'appréciais guère plus. Peut-être était-ce en raison de ses manières doucereuses ou de son attitude vis-à-vis des bonnes œuvres du quartier. Vous savez ce qu'il en est : quelqu'un essaie toujours d'organiser des ventes de biscuits au profit des scouts, de mobiliser des gens pour des actions caritatives ou de faire signer une pétition pour sauver la nature. La plupart d'entre nous y participaient, mais pas Marguerite.

Ce qui me déconcertait le plus, c'était sa façon calme et posée de refuser. Un jour, par exemple, la crèche de Joël et Jamie organisa une tombola pour financer la construction d'une nouvelle aire de jeux, et je demandai à Marguerite d'acheter un ou deux billets. Ils coûtaient seulement un dollar pièce, et on pouvait gagner un week-end à New York ou un tas d'autres prix. À sa place, si je n'avais pas pu me permettre de débourser deux dollars, je me serais confondue en excuses. Marguerite, elle, se contenta de répondre poliment : « Oh, non merci, Ruthie », comme si je lui avais proposé un beignet rance.

Quand arriva le jour d'Halloween l'année suivante, Joël et Jamie avaient quatre ans; ils étaient assez grands pour aller mendier des friandises, et je me proposai de les accompagner. Jamie portait un costume de clown, et Joël avait décidé de se déguiser en Petit Ours; j'avais dû aller dans trois magasins pour trouver de la fourrure synthétique, mais je dois reconnaître qu'il avait l'air sacrément mignon. Marguerite ne vint pas avec nous; son mari était à la maison, mais il avait un rapport à rédiger et il ne devait pas être interrompu par les gamins du voisinage – du moins d'après elle.

Le lendemain matin, juste après le départ de Joël et de Jamie pour la crèche, on frappa à la porte de derrière : c'était Marguerite. Ceci me sembla étrange, car elle téléphonait toujours avant de venir pour voir si sa visite tombait « au bon moment ».

Elle avait mauvaise mine. Son rouge à lèvres rose était de travers, et son chemisier à fleurs mal boutonné, si bien que son col à la Peter Pan semblait sur le point de s'envoler d'un côté.

« Euh, bonjour. Entrez », dis-je.

Marguerite fit un demi-pas en avant; puis elle s'arrêta près de la porte où elle parut se blottir.

« Je voulais encore vous remercier pour avoir emmené Jamie hier soir. Il s'est vraiment... » reprit-elle, puis elle s'arrêta net.

« De rien, c'était amusant. C'est un brave gamin, dis-je en toute sincérité. Entrez donc boire un café. » Je lui tirai une chaise et elle s'assit maladroitement sur un bord.

Puis la bouilloire se mit à siffler, et Fred entra dans la pièce derrière elle en criant « Lapin ! » pour nous porter bonheur, car nous étions le premier du mois. Il s'agit d'une tradition de famille remontant à l'époque où nous nous sommes connus. Je n'avais jamais entendu parler d'une telle coutume, si bien qu'au matin de la première nuit passée chez Fred, quand je le vis dans sa robe de chambre devant la fenêtre ouverte en train de crier « Lapin ! », je bondis nue hors du lit en demandant : « Oh, où ça ? », et je me retrouvai pratiquement nez à nez avec deux types qui jouaient au frisbee. La veille au soir, je n'avais pas remarqué que son immeuble était construit à flanc de colline, comme presque tous les bâtiments de Corinth.

Quoi qu'il en soit, la surprise éprouvée ce jour-là dans la chambre de Fred était sans commune mesure avec celle qu'exprima Marguerite. Elle parut sur le point de vomir, et sa tasse lui glissa des mains, répandant du café sur la table.

« Je suis navrée », s'écria-t-elle, puis elle se tut jusqu'à ce que Fred eût sifflé son jus d'orange et fût parti courir.

Puis elle se pencha vers moi et dit à mi-voix : « Je l'ai encore aperçue, Ruthie. Cette petite fille qui est venue à la maison l'année dernière.

– La petite fille ? » demandai-je. Puis la mémoire me revint. « Vous voulez parler de la petite déguisée en Jeannot Lapin, qui vous rappelait une ancienne connaissance ?

– Oui. Vous l'avez vue ?

– Non, désolée. Mais nous sommes restés dehors longtemps.

– Elle est revenue, déclara Marguerite comme si elle avait annoncé une catastrophe internationale.

– Ah oui ? » J'étais sceptique. « Vous êtes sûre qu'il s'agissait bien de la même ? C'est vrai, il devait y avoir un tas de gosses déguisés en lapin hier soir. En plus, vous savez bien que la plupart des enfants refusent de porter le même déguisement deux années de suite. Vous vous souvenez du costume de fée avec les ailes en tulle que Josie avait fait pour Mary Lou l'an dernier ? Elle l'avait fait une taille en dessus, pour qu'elle puisse le remettre, mais maintenant, Mary Lou ne croit plus aux fées, et elle tenait à se déguiser en pilote de l'espace... » J'aperçus alors la figure de Marguerite et je me tus.

« C'était la même petite fille », dit-elle. Elle torturait la serviette en papier que je lui avais donnée, la tordant dans tous les sens. « Avec la même vieille taie d'oreiller. L'oreille gauche de son masque de lapin penchait d'un côté, et elle me regardait à travers les trous.

– Vous avez peut-être seulement cru qu'il s'agissait d'elle. » Il m'était venu à l'idée qu'en assistant à cet accident, Marguerite avait subi un traumatisme, et que depuis tous les enfants déguisés en lapin le ravivaient. « À cause de cette gamine qui s'est fait renverser quand vous étiez petite.

– Tuer, rectifia Marguerite. Elle a été tuée. » Elle tordit le cou à la serviette en papier. « J'étais là. »

Ce n'est pas ce que vous m'avez raconté l'année dernière, voulus-je dire, mais je fis un effort pour ravaler ma remarque.

« Bien sûr, ce n'était pas vraiment ma faute. Je faisais seulement du porte-à-porte avec sa grande sœur pour récolter des sucreries, avoua finalement Marguerite. La mère de mon amie lui avait demandé d'emmener Kelly avec nous. Juste dans le lotissement, et ensuite, elle était censée rentrer à la maison, mais elle a refusé. Annie l'a laissée au bout de l'allée, mais Kelly est restée plantée là en se plaignant que ce n'était pas juste, car nous allions ramasser plus de bonbons qu'elle. Nous l'avons ignorée, mais Kelly s'est mise à nous suivre dans la rue. Elle n'arrêtait pas de crier : " Attendez-moi ! Attendez-moi ! " et nous lui répondions : " Rentre à la maison, petite idiote ! " Finalement, nous sommes parties en courant pour la semer. Arrivées au coin de la rue, nous avons traversé North Avenue, et Kelly nous a suivies. Mais elle ne courait pas très vite, et elle ne voyait pas grand-chose à travers son masque de lapin ; une vieille dame au volant d'une Buick a tourné sur l'avenue et l'a renversée.

– Oh, mon Dieu ! Et c'est arrivé devant vous ? C'est terrible.

– En fait, je n'ai pas vu la voiture la renverser. Mais je l'ai entendue : d'abord, un hurlement aigu – les freins –, et ensuite, quelqu'un qui criait. Seulement, ce n'était pas Kelly, mais la vieille dame. Kelly était étendue dans le virage sous un lampadaire, sa frimousse de lapin tournée de côté, immobile. Sa taie d'oreiller était ouverte, et des bonbons et du pop-corn roulaient partout sur la chaussée.

– Mon Dieu ! Pas étonnant que vous preniez la frousse quand on crie " Lapin ! " Après avoir laissé la chaudière allumée et avoir pratiquement brûlé avec son cottage, ma tante disait que pendant une vingtaine d'années, chaque fois qu'elle sentait un feu de bois... » Je me tus. « Je suis désolée. Je comprends que ça vous ait bouleversée.

– Ça ne m'a pas vraiment bouleversée, dit Marguerite. Après tout, ce n'était pas ma faute. Bien sûr, ça m'a perturbée à l'époque, mais je m'en suis remise. » Elle soupira et sourit comme si elle avait eu mal aux dents.

« Mm, dis-je en faisant un effort considérable pour ne pas la contredire. Ça a dû être pire pour sa famille.

– Oh, oui. En fait, cet accident a gâché leur vie.

– Évidemment.

– Et celle de la vieille dame aussi. Elle a été acquittée, mais elle a vendu sa Buick et rendu son permis de conduire; elle se sentait encore coupable, même si personne ne pouvait être tenu responsable. Par la suite, elle a voulu donner une jolie somme d'argent aux parents de Kelly, mais ils lui en voulaient trop pour accepter.

– Vraiment? » Cette réaction m'étonna sur le coup, mais à la réflexion, elle ne me parut pas si surprenante.

« Oui; étrange. Mais une dizaine d'années plus tard, quand elle est morte, elle leur a légué toute sa fortune. Seulement entre-temps, les parents de Kelly avaient divorcé, et sa mère se trouvait dans un centre de désintoxication pour drogués. Et bien sûr, les enfants de la vieille femme s'en moquaient complètement. Ils ont essayé de faire annuler le testament. » Marguerite sourit à nouveau; elle avait retrouvé son petit sourire habituel.

« Quelle histoire déprimante.

– Oui, c'est vrai », reconnut Maguerite. Elle semblait s'être calmée, mais son chemisier restait boutonné de travers. « Bon, je ferais mieux de rentrer. Merci pour le café. »

Après son départ, je restai assise un moment. J'avais fini par comprendre que ce qu'elle croyait voir le jour d'Halloween était le fantôme de la petite fille. Puis il me vint une idée. Si jamais j'arrivais à retrouver l'enfant qui s'était déguisée en lapin la veille au soir, Marguerite cesserait d'avoir des hallucinations.

Au cours des quelques jours suivants, je fis le tour des habitants du lotissement, mais personne n'avait vu de Jeannot Lapin. J'en conclus que l'enfant était venue en voiture; il paraît que les gens vivant dans les HLM le font parfois. Ils déguisent leurs enfants et les emmènent dans un quartier où ils peuvent récolter des sucreries de luxe, et éventuellement de l'argent. Bien sûr, à Corinth, le quartier en question se trouvait de l'autre côté du campus, mais peut-être le conducteur de la voiture ne s'en était-il aperçu qu'en voyant les enfants revenir avec les déprimantes pommes et les non moins déprimants raisins de Corinthe distribués par Marguerite.

Puis cette histoire me sortit de la tête pendant quelque temps. Avec mes enfants âgés d'un et quatre ans plus mon travail à mi-temps, je dormais debout la plupart du temps. Marguerite semblait remise, mais je commençais à me lasser d'elle. Nous habitions côte à côte depuis plus de deux ans, mais après cette unique discussion, elle refusa d'aborder des sujets personnels. Quand on lui demandait qui elle préférait voir élire aux élections municipales, ou si elle avait été heureuse à l'école maternelle, elle se contentait de vous répondre par son petit sourire froid et poli : « Je ne me suis jamais posé la question », « Je ne m'en souviens pas ». Et j'avais commencé à remarquer qu'elle en faisait toujours un tout petit peu moins que sa part, lorsqu'il s'agissait de conduire ou de surveiller les enfants – une tendance dont s'était déjà aperçu Fred, entre autres.

À cette époque, la plupart des autres mères du lotissement en avaient sérieusement marre de Marguerite, surtout Josie, ma meilleure amie, qui vivait de l'autre côté de la rue : elle ne lui avait jamais pardonné son refus de participer à la campagne contre l'installation d'une usine à ordures. Marguerite avait prétexté qu'au moment où l'usine serait achevée, nous aurions probablement presque tous déménagé. Si vous connaissiez Josie, vous comprendriez que personne n'aurait pu trouver pire excuse.

Mais ce qui me déplaisait surtout, c'était que Josie et les autres se comportaient comme si j'avais été responsable de Marguerite. « Tu veux savoir ce que ton amie a fait? » me demandaient-elles par exemple. J'avais envie de répondre qu'elle n'était pas mon amie, mais au lieu de cela, je lui inventais des excuses, mettant son attitude sur le compte de son mari, ou de ses migraines.

Enfin! Il devait bien y avoir un autre Halloween – le dernier que nous allions passer à Corinth, mais nous l'ignorions en ce temps-là. Joël et Jamie avaient cinq ans, et ils étaient encore trop jeunes pour sortir tous seuls. C'était au tour de Marguerite, et pour une fois, son mari avait consenti à rester à la maison pour distribuer les friandises. Elle me proposa de l'accompagner, et j'acceptai. Je savais que Joël serait content, et que Marguerite appréhendait d'y aller seule, à cause de sa phobie des lapins.

Il faisait un temps épouvantable ce soir-là : froid et humide, avec une pluie filtrant au travers des arbres dénudés et des nappes de brouillard gris-vert montant de la chaussée. Joël était déguisé en dinosaure rouge – quel boulot! – et Jamie en monstre de l'espace. Ils pensaient tous deux avoir l'air vraiment féroces; ils grognaient sans cesse après les gens que nous croisions, et ils avaient refusé de porter leurs cirés. Ils ne voulaient pas non plus que nous les accompagnions jusqu'à la porte – nous devions les attendre dans l'allée à l'abri de la lumière, sous nos parapluies. Sur le chemin du retour, en regardant vers le lotissement, je vis un groupe de gamins traverser la rue, une dizaine de mètres plus loin. La plus petite des filles, en arrière des autres, portait un costume de lapin.

C'est à ce moment-là que je commis ma première grave erreur.

« Hé, regardez! dis-je à Marguerite, il y une petite fille déguisée en lapin, comme celle que vous aviez vue l'année dernière. »

Elle devint toute pâle et toute bizarre.

« Où ça? » s'écria-t-elle en regardant autour d'elle comme quelqu'un qui entend une explosion mais ignore d'où elle provient.

Je tendis le doigt vers le bout de la rue. La petite fille s'était arrêtée à l'angle du pâté de maisons, et nous regardait. Elle fit un genre de signe de la main, ou peut-être essaya-t-elle simplement de mieux agripper la taie d'oreiller qu'elle traînait, puis elle repartit en courant pour rattraper les autres.

« Je dois aller voir... Vous permettez? Je reviens tout de suite, dit Marguerite.

– Bien sûr, allez-y. » Je me figurais qu'en découvrant qui se cachait sous ce costume, elle cesserait de tomber à la renverse chaque fois qu'elle voyait un lapin.

Marguerite ne prit même pas le temps de me remercier. Elle se précipitait déjà le long du trottoir humide; elle courait pendant quelques mètres, perchée sur ses habituels talons hauts, marchait un peu, puis courait à nouveau.

« Attends-moi ! » criait-elle. Mais le lapin n'était déjà plus qu'un tache blanche à l'autre bout du pâté de maisons suivant, et il ne s'arrêta pas ; peut-être ne l'avait-il même pas entendue.

Je restai immobile un moment, malgré l'insistance de Joël et de Jamie pour m'entraîner vers la maison voisine. Je voyais l'imperméable clair de Marguerite et sa chevelure encore plus claire s'illuminer puis s'assombrir tandis qu'elle traversait les cônes de clarté brumeuse des lampadaires, rapetissant au fur et à mesure qu'elle s'éloignait. Encore en train de me refiler ton boulot, pensai-je. Puis elle tourna le coin, et c'est là que je la vis pour la dernière fois.

Nous avions fait le tour du lotissement, et Marguerite n'était toujours pas revenue. En raccompagnant Jamie chez lui, je dis à Glen que sa femme était allée parler avec une enfant qu'elle croyait connaître. « Ah, très bien », me répondit-il.

Mais plus tard, à la maison, tandis que Joël déchargeait ses sucreries sur la table de la cuisine, je me dis que je ferais peut-être bien de ressortir pour aller chercher Marguerite. J'avais même commencé à enfiler mon imperméable.

Si Marguerite avait été une véritable amie, j'y serais allée sans hésiter. Mais là, je réfléchis et je me dis : À quoi bon ? Qu'elle ait ou non rattrapé l'enfant déguisée en lapin, elle va bientôt rentrer. Et si tu la retrouves, elle te jettera probablement ce regard poli dont elle est spécialiste. Que faites-vous ici, pourquoi fourrez-vous votre nez dans mes affaires ? signifierait ce regard, comme il l'avait si souvent fait.

Je n'ai plus la même vision des choses, aujourd'hui. À présent, je crois que les femmes doivent veiller sur les autres femmes, même sur celles qu'elles n'apprécient guère. Et je pense que si j'étais sortie chercher Marguerite, je serais peut-être arrivée à temps.

Personne n'a entendu l'accident. Il a eu lieu quatre longs pâtés de maisons plus loin de toute façon, sur la rue principale. Le type qui a renversé Marguerite a soutenu qu'elle avait débouché sous les roues de sa vieille Buick décapotable, mais personne ne l'a cru parce qu'il avait déjà été condamné deux fois pour conduite en état d'ivresse; il a écopé de six mois de prison et on lui a retiré son permis de conduire. J'ai eu un peu de peine pour lui, mais je n'en ai pas parlé.

J'y repense parfois. Je me dis que des tas de Jeannot Lapin devaient parcourir les rue de Corinth ce soir-là, et que beaucoup de gens donnent à leurs enfants de vieilles taies d'oreiller pour y mettre leurs friandises. Je tente de me persuader que l'oreille du masque de lapin n'était pas vraiment penchée; et que même si elle l'était, il n'y avait pas de quoi en faire un plat.

Mais il y a pire. Car je suis parfois convaincue qu'elle est toujours dans la rue, et que je la reverrai. Pas la petite fille déguisée en lapin – Marguerite. Nos enfants sont désormais assez grands pour aller mendier leurs sucreries tous seuls pendant que nous restons à la maison pour en distribuer aux autres gamins. Je ne cesse de penser qu'un soir d'Halloween, en levant les yeux des petites sorcières, des clowns et des astronautes attroupés sur notre galerie, je l'apercevrai aussi : au milieu de l'allée, vêtue de son imperméable clair sous son parapluie noir corbeau, elle m'attendra.

Le poète double

Septembre

Après plus de deux semaines, je ne suis toujours pas bien installée, ni à l'aise, ici. J'ai accepté d'être le « poète invité » de l'année, principalement parce que les photographies du livret présentant l'université montraient un paysage aussi charmant et aussi transcendant que mon bassin enchanté de Cape Cod. Elles mentaient : je me retrouve noyée au milieu de centres commerciaux et de foyers d'étudiants qu'on dirait bâtis en Lego, enfermée dans un complexe d'appartements semblables à des boîtes en carton. Je crois d'ailleurs souffrir d'un véritable complexe à propos de ces appartements – et ce depuis mon arrivée. Claustrophobie : trois pièces étroites et basses de plafond. Paranoïa : torture chronique du goutte-à-goutte dispensé par l'évier de la kitchenette. Hallucinations : voix horribles et musique plus horrible encore filtrant des appartements voisins comme une boue presque visible. Pas étonnant que j'éprouve des difficultés à écrire.

Pourtant, la campagne est belle : elle manque de délicatesse et de subtilité, mais elle possède un certain galbe, une certaine fécondité... Champs arrondis telles des bêtes somnolentes, couverts d'un pelage blond de foin et de maïs en train de mûrir. On les entendrait presque respirer.

J'ai fait connaissance avec mes étudiants; ils ne forment encore qu'une masse indifférenciée, mais peut-être y aura-t-il parmi eux quelques êtres intéressants en dépit de leur immaturité. Et je sais quelle gratitude ils éprouveront à l'égard d'un professeur qui célèbre la poésie au lieu de la mettre en pièces, comme un vêtement chatoyant et sans couture réduit en lambeaux. J'ai également hâte de rencontrer les autres écrivains enseignant ici; peut-être y trouverai-je une communauté. Je commence à regretter les sept conférences que Bryan Woods, mon nouvel agent, m'a persuadée de donner cette année dans six villes différentes. Effilocheront-elles les liens qui semblent se former si lentement avec cet endroit? Seront-elles physiquement, émotionnellement épuisantes?

Pourtant, quelle que soit la fatigue ressentie, j'éprouve toujours cette accumulation, ce sursaut, cette vague d'énergie excitante en entendant : « Je vous remercie d'accueillir Karo McKay », puis le doux crépitement des applaudissements monter, retomber, et s'éteindre tandis que je m'avance d'un pas coulé dans ma longue robe, devant ces visages confus et ravis tournés telles des fleurs vers la lumière – attendant, désirant, espérant ce que je leur apporte.

Car d'une certaine manière, je valide leurs expériences personnelles – et en particulier, leurs expériences du monde physique. Mes mots, ma voix, leur permettent de voir, d'entendre, de toucher, de sentir, de ressentir ; d'« être ici maintenant », comme l'a formulé quelqu'un – et non pas de se couper de la vie avec une triste et consciente hésitation.

Comme je le faisais moi-même autrefois. Qu'elles semblent loin à présent, mes premières lectures maladroites et craintives devant des audiences minuscules ! Elles remontent à l'époque où je n'étais encore que Carrie Martin. À l'époque où je ne savais rien, où je n'attendais aucune récompense, où j'osais à peine rêver de ce qui m'attendait. Vêtue d'un ensemble de beatnik noir poussiéreux composé d'un justaucorps et d'une jupe à volants, je me débattais avec une gerbe de feuilles tremblantes. Je ne parvenais même pas à mémoriser mes poèmes, j'ignorais comment les projeter, projeter ma voix, me projeter moi-même.

Je n'avais pas encore compris qu'un poète est, se doit d'être, à la fois créateur et acteur. Ceux dont les œuvres, aussi profondes ou originales soient-elles, s'adressent essentiellement à la page imprimée, ne sont que des demi-poètes. Ils refusent, ou sont incapables, de se faire *entendre* réellement, avec éclat ; ils lisent platement, mal, rarement, parfois même pas du tout. Leurs poèmes sont des demi-poèmes.

Bryan W. s'est montré extrêmement serviable, non seulement en demandant un cachet plus important – chose que l'on ne peut élégamment faire soi-même – mais aussi en arrangeant tout jusqu'au moindre détail. Il s'est assuré que jamais personne ne me réveillerait avant neuf heures, qu'on m'accorderait toujours une heure à moi pour me reposer et reprendre des forces après mon arrivée, et que du Perrier glacé remplacerait l'eau du robinet habituellement disposée sur le podium. De telles requêtes me semblaient difficiles à satisfaire, mais Bryan m'assure qu'en fait ses clients aiment à penser que les écrivains ont des besoins spéciaux, sont plus sensibles à leur environnement. Ce qui est vrai.

Je crois que je vais encore mettre ma cape bleu nuit – elle bouge et vole si délicatement – et porter tour à tour ma robe blanche en dentelle et ma nouvelle robe de soie vert océan qui, selon le présentateur de Washington, me donnait l'allure d'une sibylle antique. Je dois acheter des chaussures pour aller avec – en soie d'un vert plus sombre peut-être ? Faire renouveler mon ordonnance de Valium, j'en ai tellement utilisé durant cet horrible déménagement. Et refaire mes enregistrements ; le bruit de l'océan devrait diminuer plus graduellement à la fin, et il me faut un accompagnement pour « Plaisirs lointains » – un autre morceau de Satie, des chants d'oiseaux ?

Quatre semaines maintenant. Temps chaud et lourd ; je commence à me lasser de ce paysage, chaud et lourd lui aussi. Même dans la campagne, je me sens étouffée par le poids de cet air confiné, par les arbres massifs chargés de fruits et les buissons denses ; par la sensation de me trouver à des centaines de kilomètres de ma mer scintillante aux reflets éternellement changeants.

Janey m'a téléphoné ce soir ; elle voulait s'excuser au nom de Tom, son récent compagnon, qui se trouvait à Oakland pour assister à une réunion la semaine dernière et qui n'avait pas eu le temps de venir me parler lorsqu'il m'avait aperçue à l'hôtel. Il espérait que je n'étais pas « en boule ». (Quelle expression horrible, inappropriée – il m'arrive d'être mécontente ou en colère, mais certainement jamais « en boule ».) Je répondis à Janey que c'était sans importance, puisqu'il ne s'agissait pas de moi.

« Tu n'as pas vu Tom à Oakland la semaine dernière, maman ?

– Non. En fait, ma chérie, je crois que je ne suis jamais allée à Oakland.

– Vraiment ? Tom était pourtant sûr qu'il s'agissait de toi. Il a dit que tu l'avais regardé bien en face en souriant.

– Quelqu'un l'a peut-être regardé bien en face mais ce n'était pas moi.

– Tu dois avoir un double, maman, a-t-elle suggéré en riant. On dit que tout le monde en a un quelque part. »

Je n'ai pas ri. Au lieu de cela, j'ai ressenti une sorte de frisson ; pourquoi ? Il y a quelque chose de déplaisant dans l'idée d'avoir forcément un double quelque part, si jamais cette idée est vraie – ce dont je doute dans mon cas, même si l'on rencontre fréquemment des gens semblant avoir été taillés d'après un patron *Burda* ou *Modes & Travaux*.

Ou bien ce frisson venait-il de l'intuition que mon adorable Janey vivait avec l'un de ces mortels à l'esprit embué, incapables de voir correctement le monde qui les entoure ? Ils ne savent pas reconnaître un chêne d'un orme, ou une oie d'un cygne, à tel point que n'importe quelle femme d'une quarantaine d'années avec une épaisse cascade de cheveux noirs, des yeux noisette écartés et un long visage pâle singulier, pourrait coïncider avec « Karo McKay/la mère de Janey ».

L'idée du dédoublement. En poésie, elle peut s'avérer belle, satisfaisante – comme dans le refrain, la villanelle – surtout lorsque à chaque répétition, le vers prend un sens subtilement différent. Dans la vie ? Les jumeaux, images inversées – je détesterais avoir une jumelle, alors que petite, Janey aurait aimé en avoir une. Pour lui tenir compagnie, disait-elle.

Les doublures de film, pour les actrices pudiques ou pour celles dont le corps est imparfait. Ou les remplaçants, épargnant à l'acteur l'ennui et les embêtements précédant le tournage. Cela pourrait être pratique... Avoir une remplaçante qui me permettrait d'échapper à toutes ces pénibles corvées allant de pair avec les lectures, mais dont les contrats ne font pas état : quelqu'un qui se montrerait poli et charmant avec les étudiants nerveux chargés de m'accueillir à l'aéroport, ferait la conversation durant les longues réceptions, dédicacerait les livres, donnerait des interviews pour les journaux et les stations de radio locales... Oui, voilà ce que je souhaiterais, si les souhaits pouvaient se réaliser. Et Pégase dans tout ça?

Octobre

Retour de l'Ohio : voyage à moitié satisfaisant. Audience raisonnablement intelligente et sensible, temps déraisonnable. Orages violents, le campus entier vibrait, s'illuminait et clapotait comme un paquebot en train de sombrer. En sortant de la voiture d'un professeur peu prévenant, j'ai marché dans quinze centimètres d'eau sale, et j'ai dû monter sur scène en traînant des mètres de dentelle blanche trempée, chaussée de mes nouvelles mules en satin gorgées d'une eau boueuse.

Pire encore, ils m'avaient installée dans une salle immense. Je me suis adressée à une centaine de personnes et à environ trois fois plus de sièges vides. J'avais beau savoir que la tempête avait dissuadé les gens de venir, il me fallait constamment écarter la pensée que mes agents avaient cru Karo McKay capable d'attirer un plus vaste public et qu'ils étaient déçus. Par moi. C'est tellement plus agréable lorsque l'auditorium est un peu trop petit, sans place assise, et que tout le monde a l'impression d'assister à un événement important; il se dégage alors une énergie extraordinaire!

Pas vraiment contente d'être de retour. Le temps s'est amélioré, mais pas mon appartement, et je n'ai pas terminé un seul poème depuis août. Des personnes presque étrangères ne cessent de me demander (ignorent-elles à quel point c'est impoli, blessant?) : « Qu'écrivez-vous en ce moment? » Alors je leur mens : « Oh, je travaille sur quelque chose ».

Je suis également découragée par le paysage littéraire local. Les romanciers sont accaparés par les jeunes enfants, et ils n'ont pas été particulièrement sociables jusque-là. Le département compte également trois poètes, mais le meilleur d'entre eux est en voyage et les deux autres semblent me considérer uniquement comme une source de renseignements professionnels (recommandations, conseils sur les bourses d'études et de recherches, sur les associations d'écrivains). Ils ne s'intéressent pas du tout à moi, cherchent seulement à parler de leurs carrières, de leurs critiques, de leurs étudiants et de leurs publications (fins livrets mous tirés à un petit nombre d'exemplaires).

Pourquoi suis-je venue ici? Pourquoi ne suis-je pas restée dans mon cottage enchanté, près de mon bassin argenté? Parce que je croyais ne pas pouvoir me le permettre. Je croyais que si je voulais dépasser le stade de la subsistance, je ne pouvais oser refuser un travail. Non pas que j'aie besoin de grand-chose; je n'ai que faire de la dernière voiture ou des derniers appareils électroménagers. Mais si j'entends travailler correctement, il me faut une pièce calme et tiède où coule un doux filet de musique; le parfum et la couleur d'un bouquet de fleurs fraîches; des repas simples mais irréprochables arrosés de bon vin; la vue et le contact de la soie, de la dentelle et du taffetas contre ma peau.

Mais c'est la dernière fois. Avec les cachets que Bryan Woods paraît – si facilement semble-t-il – pouvoir négocier, je n'aurais plus jamais à être le « poète invité » (à jouer ce rôle anormal, hésitant entre celui de l'infirmière à domicile et du diplomate en déplacement). Je n'aurais plus jamais à vivre parmi des formes, des bruits et des effluves répugnants, parmi des gens dont les voix et les visages usent mes nerfs comme du papier de verre.

Exemple : incident troublant aujourd'hui au bureau du département. Alors que je ramassais mon courrier, l'une des secrétaires s'est approchée pour me remercier bruyamment d'avoir dédicacé un exemplaire de *Tonnerre de lune* à sa mère.

« Votre mère? » J'ai tenté de passer ma banque de mémoire en revue, mais j'avais dû signer vingt ou trente livres dans l'Ohio.

« Maman ne vous a peut-être pas dit que je travaillais ici, elle était probablement trop excitée. Mais elle a été vraiment émue par ce que vous avez écrit. Elle aussi est poète... d'ailleurs, vous le savez. »

Comment l'avais-je appris?

« Ah? Que lui ai-je écrit?

– Vous avez marqué : " Bien amicalement, à une poétesse en herbe ".

– Vraiment? » J'ai froncé les sourcils; est-ce que je perdais l'esprit? « C'était à Colombus, dans l'Ohio, la semaine dernière?

– Non, non : à Denver. Maman habite à Denver.

– Il doit s'agir d'une erreur, ai-je répondu gentiment. Je n'ai pas donné de lecture à Denver la semaine dernière, je me trouvais dans l'Ohio.

– Oh, ce n'était pas à une de vos lectures. C'était dans une librairie, cette excellente librairie, à Denver, vous savez ? C'est là que maman vous a rencontrée. Elle vous a reconnue d'après une photo. Quoi qu'il en soit, je tenais à vous remercier...

– Je vous en prie, mais... » ai-je commencé. Puis le téléphone de la fille s'est mis à sonner, et je suis partie afin de démêler cette histoire.

J'ai d'abord pensé qu'il s'agissait d'une simple erreur : « Maman » avait dû rencontrer un poète répondant à un nom similaire (Carolyn Kizer ? Carol Forche ?). Puis une autre possibilité me traversa l'esprit : une femme avait été prise pour moi, et elle avait décidé de jouer le jeu. Je présume que c'est le genre de choses qu'une certaine catégorie d'individus peut faire spontanément, pour avoir la sensation éphémère d'être un écrivain célèbre.

Idée effrayante. Être imitée de la sorte – et pire encore, falsifiée – car qui verra cette fausse dédicace pensera que moi, Karo McKay, j'aurais pu utiliser un cliché aussi éculé que « poétesse en herbe ». Je déteste le mot « poétesse », et « en herbe » est une métaphore définitivement morte – et si elle est encore vivante, elle n'en reste pas moins hideuse : imaginez Daphné couverte de courtes pousses molles ! Et je suis sûre que ni Carol F. ni Carolyn K. n'aurait employé une telle expression.

En outre, ni elles ni moi n'aurions qualifié une parfaite inconnue de poète, en herbe ou autrement. Affabilité diplomatique, voilà la seule politique. Même si quelquefois, j'ai eu envie de griffonner un mot insultant. Lorsque quelqu'un se montre vraiment odieux, vous tient la jambe, cherche à vous faire une démonstration longue et stupide...

Ou pire encore, lorsqu'un revendeur de livres apparaît avec six ou huit exemplaires de la première édition encore enveloppés sous leur plastique transparent froid et humide. Parfois, ils ne se donnent même pas la peine d'assister à la lecture : ils restent cachés quelque part à l'extérieur, et quand j'arrive, ils passent devant tout le monde. Ils balancent leur pile de livres sur la table et me mettent les pages de titre sous le nez les unes après les autres, en me demandant toujours d'inscrire l'endroit, la date, et mon nom, mentions qui apparemment augmentent leurs bénéfices. Des dédicaces telles que « Hostilement vôtre » ou même « Votre ennemie » m'ont déjà traversé l'esprit dans ces moments-là.

Au fil de ces réflexions, je me suis dit que je devrais retourner au bureau du département pour annoncer à la secrétaire que sa mère avait été abusée, mon livre défiguré. Tristement embarrassant, pénible pour tout le monde. Etait-ce même possible? Non seulement j'ignorais son nom, mais je n'étais même pas absolument certaine de savoir laquelle de ces trois jeunes femmes m'avait remerciée. Elles se ressemblaient beaucoup, et l'angoisse éprouvée...

Je dois donc me résigner à en rester là. Après tout, qui verra cette fausse dédicace? Quelques âmes obscures au fin fond du Colorado tout au plus.

Alors, pourquoi ai-je l'impression d'avoir subi une offense? Sans doute parce que la cérémonie des dédicaces représente plus qu'une simple formalité. Même si elle en a parfois l'air. Mes admirateurs se contentent de me remercier pour ma lecture en me tendant un recueil de poèmes (et habituellement un Bic qui accroche, ce qui explique pourquoi j'apporte toujours mon stylo à calligraphie). Ils sont bien plus innocents que les revendeurs, naturellement. Ils ne viennent pas dans l'intention de vendre le livre; peut-être même seraient-ils choqués à l'idée d'un tel trafic. Pour eux, il s'agit d'une sorte de rituel. L'exemplaire touché et signé par le poète acquiert instantanément une aura invisible, devient une sorte de petite icône sacrée dans la religion de la poésie.

Une religion, oui, ou tout au moins un culte, avec ses propres temples et ses propres autels, ses saints défunts, sa hiérarchie bien vivante de prêtres et de prêtresses ; ses diacres, ses bedeaux, ses sacristains (les critiques), et ses congrégations dévotes quoique statistiquement restreintes. Oui, et les revendeurs de livres rares ressemblent à ces marchands de camelote religieuse dont les boutiques fleurissent à proximité des cathédrales européennes – ce ne sont pas de vrais croyants, mais de simples trafiquants aux yeux rivés sur les bénéfices.

Et je fais partie de tout cela – je suis membre du clergé poétique : prêtresse, prophétesse. D'où le sentiment de sacrilège à l'idée qu'une laïque malhonnête (voire une infidèle) endosse de faux vêtements invisibles et prétende consacrer *Tonnerre de lune* en y apposant mon nom.

Novembre

Fin de trois jours mouvementés dans le Middle West. Deux conférences réussies, une moins. Les problèmes ont commencé au repas précédant l'ouverture, auquel assistait une femme professeur d'université très irritante ; une belle blonde platine à l'air satisfait, vêtue d'un manteau de vison fauve traînant jusqu'au sol qui avait dû exiger le meurtre d'une bonne vingtaine d'animaux innocents. Incroyablement contente d'elle, et avide de discours ; elle m'a interrompue deux fois au beau milieu d'une phrase.

Je l'avais oubliée pendant presque tout le spectacle, mais en abordant « L'autre lapin », je m'en suis souvenue et je lui ai jeté un regard accusateur de sibylle. Elle s'est contentée de sourire d'un air affecté puis s'est blottie plus profondément dans sa douce fourrure argentée. Mais cela a suffi à briser le charme ; j'ai continué efficacement mais pour la première fois depuis des années, j'ai dû faire un effort conscient, comme si j'avais joué un rôle et prétendu être Karo McKay. Cette impression n'a duré qu'une minute ou deux, mais je l'ai trouvée désagréable, déstabilisante.

Peut-être les sibylles aussi ne parvenaient-elles pas toujours à s'imposer ? Confrontées à quelque personne superficielle et orgueilleuse, il leur arrivait peut-être parfois de perdre soudainement leur inspiration, leur pouvoir, et de se sentir seulement fatiguées, tendues, de respirer difficilement dans la chaude fumée odorante, de projeter leur voix en feignant d'agir avec naturel.

À part ça, tout s'est bien passé. Hôtes agréables, public nombreux et débordant d'amour – oui, c'est bien de l'amour que je sens s'échapper des spectateurs quand je me tiens sous les projecteurs, un amour en un sens aussi satisfaisant que tous ceux qu'il me fut donné de connaître. Comparés à cet épanchement de sentiments généreux et anonyme, les autres paraissent souvent imparfaits, avides. Plus je vieillis et moins l'amour physique me paraît romantique. Il vous attrape et vous bouscule comme ces revendeurs de livres rares (trois, à la dernière lecture). Mais, pire encore, il veut que j'inscrive un nom – leur nom – sur mon corps, sur mon âme. Ensuite, il plie bagage et il s'en va.

Pour moi, je commence à le comprendre, la sensualité a toujours signifié plus que le sexe, a toujours été une expérience plus profonde, qui ne se concentrait pas seulement – pas même la plupart du temps – sur une autre personne, mais sur toutes les choses physiquement subtiles et délicates : le satin ivoire et parfumé d'un camélia, la douce irruption d'une flûte ou d'un violoncelle, le goût d'une mandarine tiédie par le soleil, le contact velu de l'herbe, la lumière verte et pure après un orage, la senteur pénétrante, presque âcre, des feuilles de chêne humides. Voilà comment l'on devrait être, assurément : ouvert aux multiples plaisirs sensuels que nous offre le monde.

Une facture étrange et ennuyeuse m'est parvenue cet après-midi d'un magasin de Minneapolis : Sweet-shirt... trente-neuf dollars. « Je me souviens encore de notre très agréable conversation, disait la note agrafée dessus. J'espère que vous n'avez pas oublié ceci. » Je me rappelais bien avoir accompagné cette charmante dame du Conseil artistique dans un magasin après le déjeuner, mais je n'y avais certainement rien acheté. Étais-je en train de perdre la mémoire?

Ou bien y avait-il une explication plus probable, mais tout aussi désagréable, à savoir que la femme ayant prétendu être Karo McKay à Denver et écrit « poétesse en herbe » sur un exemplaire de *Tonnerre de lune*, se trouvait maintenant à Minneapolis et s'était fait une nouvelle fois passer pour moi? Ça se pouvait; on lit parfois des choses de ce genre.

À quoi pouvait ressembler une telle femme? Seule, démunie, à l'évidence une désaxée. Non, pas à l'évidence, sinon, elle ne tromperait personne... Encore que ce dernier point n'entre pas forcément en ligne de compte, puisque les gens ordinaires s'attendent à une certaine bizarrerie de la part des artistes. Elle avait peut-être le fantasme d'être un écrivain célèbre.

Imagine qu'elle ait été grisée par le succès de sa mascarade improvisée, dans la librairie de Denver. Ce mois-ci, à Minneapolis, elle aura vu un poster de moi dans une vitrine et essayé de réitérer l'exploit délibérément... Peut-être pas tant pour voler un sweet-shirt que pour revivre l'expérience enivrante d'être Karo McKay.

Le plus terrifiant, c'était que quelqu'un puisse se faire passer pour moi et s'en tirer à bon compte. Je ne savais quelle attitude adopter, j'ai eu du mal à avaler mon dîner. Finalement, j'ai téléphoné à Janey.

« Cette femme, tu sais, celle qui s'était fait passer pour moi à Denver, elle a remis ça », lui ai-je dit en essayant vainement de parler d'un ton calme, voire amusé.

Aussi rationnelle et peu imaginative que son père (je déplore souvent cette hérédité, mais je présume qu'elle a ses avantages), Janey a pris mon histoire comme la plaisanterie que j'avais à moitié tenté de faire, suggérant que ma première explication pouvait être la bonne.

« Tu as peut-être juste oublié, tu sais, maman, comme pour le limettier », m'a-t-elle répondu en faisant allusion à un incident qui avait eu lieu des années plus tôt, à l'époque où mon père était si malade. En allant chez un fleuriste pour acheter quelque chose à porter à l'hôpital, j'avais succombé à une magnifique présence vivante et parfumée. Mais en revenant de voir mon père, elle m'était complètement sortie de l'esprit.

Le limettier fut livré le soir même, obligeant Janey, alors âgée de quatre ans, à annoncer devant une salle pleine de parents et d'invités : « Maman, il y a un homme avec un gros buisson pour toi ». C'était une histoire de famille amusante, qui remontait au temps où nous formions une famille amusante. Plus tard, cet incident devint d'abord un exemple de mon incurable étourderie, puis l'une des choses que mon ex-mari me jetait au visage. Oui, « jetait », comme une série de vieilles tartes à la crème dans une comédie burlesque.

« Ça se pourrait. Sauf que je n'ai pas de nouveau sweet-shirt.

– Le magasin attend peut-être de recevoir ton chèque.

– Eh bien, je ne vais pas le leur envoyer. » Car si je leur envoie un chèque, je me fais avoir dans les deux cas. Soit je recevrai un vêtement dont je n'ai aucun besoin, ce qui prouvera que ma mémoire défaille ; soit je ne recevrai rien du tout, ce qui prouvera que quelqu'un s'est fait passer pour moi et m'a volée.

Temps désormais affreux. Pluie froide battante ou neige fondue, arbres infiltrés d'eau recroquevillés en tas trempés, ciel bas comme un chapiteau de cirque gorgé d'eau. Et je suis coincée dans ce cirque pour exécuter mon numéro de chef de piste, claquant de mon fouet quatre fois par semaine devant des salles remplies de tigres savants... Non, rien d'aussi intéressant – de phoques. Je les récompense en leur jetant des louanges tels des morceaux de poisson lorsqu'ils jouent un air simple sur leur rangée de trompettes en cuivre. Pourtant, leur musique n'est bien souvent que discorde, rots et pets poétiques – et les petits phoques sont tous tellement fiers de leur cacophonie!

Et pendant ce temps, moi je ne joue rien. (Idée déprimante, penser à autre chose.)

Décembre

C'est encore arrivé. Aujourd'hui, j'ai reçu une lettre d'amour manuscrite d'un homme vivant à Chicago prénommé – difficile à dire d'après la signature – Hal ou Hull. Pas d'autre nom, pas d'adresse, seulement le cachet de la poste. « Ma merveilleuse adorée, commençait-elle, il est trois heures du matin, mais je n'arrive pas à dormir car je pense à toi, et les draps sont encore tièdes à l'endroit où, allongée, tu me regardais avec tes magnifiques yeux de chat couleur topaze. Comme j'ai de la chance, tu as été vraiment fantastique... » La lettre continuait dans cette veine pendant plus d'une page; modérément cultivée (elle se terminait par une citation de Byron), romantique, sensuelle, tendant parfois à la pornographie, elle s'adressait de toute évidence à une femme que Hal ou Hull avait découverte dans l'intimité pour la première fois.

Au début, en lisant cette lettre, il m'est venu une idée étrange et effrayante. À cause des yeux couleur topaze, je crois. Je me suis imaginé qu'elle m'était vraiment destinée, que je souffrais d'une amnésie pernicieuse, et que quelque part dans le Middle West, j'avais passé une nuit avec un inconnu. Je suis presque parvenue à me persuader que je me souvenais, durant cette nuit de tempête à Chicago où je me sentais si fatiguée et si tremblante, qu'un grand type avait passé son bras autour de mes épaules pour m'aider à sortir d'une voiture, dans un tourbillon de neige éclairé par un rayon de lune... Après, plus rien.

Je présume que j'ai également imaginé cette histoire à cause de rencontres occasionnelles survenues dans le passé... à Toronto, ce Belge étonnant... et ce célèbre poète, à Cambridge, bien avant que je ne sois célèbre moi-même... Je songe rarement à ces moments-là, à présent, il s'agissait de détours impulsifs, non de mon chemin habituel. Aujourd'hui, je n'oserais sûrement jamais... pour une chose : le risque de conséquences médicales détestables, voire désastreuses.

Ensuite, j'ai compris ce qui était vraiment arrivé. Cette kleptomane psychotique qui s'était fait passer pour moi dans le magasin de Minneapolis, et qui avait écrit « poétesse en herbe » sur un exemplaire de *Tonnerre de lune* à Denver, s'était rendue à Chicago. Prétendant une nouvelle fois être Karo McKay, elle avait jeté son dévolu sur un homme qui croyait maintenant avoir fait l'amour avec moi. L'attirer ainsi avait dû être facile : les gens adorent l'idée de vivre une aventure romantique avec un poète – ils s'imaginent qu'on leur dédiera des poèmes, que leur nom figurera dans des anthologies.

Oui, et maintenant Hal/Hull va se vanter de cette rencontre fortuite – approche audacieuse, conquête facile, nuit chaude avec « Karo McKay » – à qui voudra l'entendre. Cette histoire va circuler, s'améliorer, s'étendre. Un jour, Hal/Hull sera mentionné dans ma biographie.

Janey se trompait : l'anti-Karo existait. Elle se trouvait quelque part dans le Middle West, traversant l'hiver dans la lumière faiblissante. Peut-être qu'à Denver, sa mise en scène avait juste été le fruit d'un concours de circonstances. Mais à présent, elle planifiait, s'amusait, s'améliorait, prenait de plus en plus de risques, sans se soucier des conséquences sur ma réputation. Elle était délibérément partie avec ce sweat-shirt, sachant que si je ne le payais pas, une vendeuse du Minnesota accuserait pour le restant de ses jours Karo McKay d'être une arnaqueuse.

Peut-être ne s'agit-il pas seulement d'opportunisme, mais de véritable malice. L'anti-Karo veut me salir, me nuire. Peut-être est-elle aussi une anti-admiratrice. Ou l'admiratrice de quelqu'un d'autre; elle m'aura trouvée impolie à son égard, ou bien aura pris un poème ou une remarque à titre personnel – ce sont des choses qui arrivent. Quand on devient célèbre, on se fait autant d'ennemis inconnus que d'amis inconnus.

Peut-être l'anti-Karo me hait-elle, comme tant de membres du public – parfois sans même le savoir – envient et haïssent les écrivains et les artistes. Parce que notre vie est plus intéressante et plus constructive que la leur, parce que nous sommes aimés et récompensés pour ce qui, à leurs yeux, passe pour un simple jeu. Faire ce que nous aimons : ne pas exercer un travail à plein temps, ne pas avoir à satisfaire le patron, échapper aux soucis.

Et à présent, l'anti-Karo a pu pleinement apprécier la récompense publique d'être écrivain – inconnus s'approchant d'elle avec respect et admiration dans les librairies, vendeurs lui confiant sans crainte leurs articles, hommes intéressants montrant attirance et empressement dès le premier regard... Elle ne va pas s'arrêter là, pourquoi le ferait-elle? La prochaine fois, elle utilisera peut-être mon nom pour acheter un objet déraisonnablement cher, ou pour coucher avec un homme fruste et vulgaire, ou pour faire quelque chose de plus indélicat et de plus terrible encore, si terrible que je ne peux même pas l'imaginer.

Non, il ne s'agit pas simplement d'une pauvre créature égarée. Elle est détraquée, bien sûr, mais pas visiblement, et elle est mue par la ruse et le mépris. Elle me ressemble vaguement, et elle en sait assez long sur ma vie et sur mon œuvre pour réussir à se faire passer pour moi. En outre, soit elle possède une fortune personnelle, soit son métier lui permet – la contraint? – de voyager d'une ville à l'autre dans le Middle West. Denver, Minneapolis, Chicago.

Et si l'anti-Karo était aussi la femme que Tom avait aperçue à Oakland? Installée dans un hôtel, délibérément déguisée en Karo McKay... Si tel est le cas, elle ne sévit pas seulement dans le Middle West; elle peut apparaître n'importe où, n'importe quand. Et ce qu'il y a de décourageant, de terrible, c'est que je n'y peux rien.

Janvier

Enfin le sanctuaire de Cape Cod. Le trimestre est fini : deux fournées de phoques savants expédiées (deux autres m'attendront pourtant à la faculté de Convers la semaine prochaine). Noël tranquille avec Janey et son ami Tom, qui semble être devenu un accessoire ménager (portemanteau? poignée de porte?). Pâle hiver doux; ciel, bassin et nuages scintillants; teintes subtiles d'argent, de vert glacial, d'azur.

Au lendemain de son arrivée, j'ai raconté à Janey les derniers exploits de l'anti-Karo. Je redoutais de l'entendre une nouvelle fois suggérer que je perdais la mémoire, mais elle avait une explication beaucoup plus simple : le *billet doux* s'était glissé dans la mauvaise enveloppe, comme le faisaient malheureusement parfois mes chèques (mais jamais les siens).

Si elle a raison, « ma merveilleuse adorée » a reçu un courrier professionnel courtois de la part de Hal/Hull – m'invitant par exemple à aller donner une lecture dans sa faculté. Cette missive anodine indiquant probablement mes nom et adresse, « l'adorée » comprendra ce qui s'est passé. Elle sera gênée, furieuse contre Hal/Hull. Et déçue : un homme capable de commettre une telle erreur après une nuit ne vaut pas la peine de se lancer dans une relation à long terme. D'après Janey, si elle possèdait un tant soit peu le sens des responsabilités, « l'adorée » ferait suivre la lettre qui m'était destinée.

« Et tu ne crois pas non plus à la femme aperçue à Oakland, je présume ?

– Bien sûr que non », a déclaré Janey en soulignant que la personne ayant souri à Tom dans cet hôtel ne pouvait être au courant de ses liens avec moi. De plus, Tom avait changé de version.

« Elle ne vous ressemblait pas tant que ça, de toute façon, m'a-t-il dit. D'abord, elle était plus grosse.

– J'ai perdu du poids cet automne », ai-je répondu ; mais je me suis sentie apaisée, soulagée. « Très bien, ma chérie. Si on regarde les choses sous le même angle que toi, on trouve une explication rationnelle à tous ces incidents. Mais ce qui m'ennuie, c'est qu'ils sont très nombreux, et qu'ils semblent faire partie d'un plan.

– Je vois ce que tu veux dire. Mais franchement, je pense qu'il s'agit juste d'une coïncidence. »

Admettons. Des choses sans aucun rapport les unes avec les autres se seraient superposées de façon à constituer une fausse trame. Et comme Janey l'a également fait remarquer avant de partir, aucun incident susceptible de cadrer dans ce plan ne s'est produit depuis plus d'un mois.

« Tu as trop travaillé et trop voyagé, je crois », a-t-elle déclaré ; et elle a raison. Je dois ralentir la cadence, cesser toutes ces activités annexes bénévoles qui n'ont rien à voir avec mon véritable métier : celui d'écrire et de lire de la poésie. Refuser poliment de donner des lectures gratuitement, de signer des lettres et des pétitions, de remplir des questionnaires, de juger les concours de poésie universitaires, de faire don de certains livres, lettres ou manuscrits pour qu'ils soient mis aux enchères au service d'une cause honorable, ou d'aider un nouveau magazine insignifiant en lui permettant de publier un de mes poèmes.

Pour commencer, je dois écrire pour dire que je ne pourrai absolument pas aller m'exprimer en faveur de la bibliothèque départementale, ni faire partie du jury décernant le prix de poésie des élèves de lycée. Et pour demander à Bryan Woods d'annuler cette conférence – seulement défrayée – à l'attention des Volontaires pour l'alphabétisation que je devais donner à Detroit le mois prochain. Il sera furieux, car tout est déjà prévu : l'avion, l'hôtel... Peut-être vaudrait-il mieux attendre le dernier moment, et lui dire que je suis malade ; tout le monde compatit quand on est malade.

Je suis désormais seule ici, en paix ; je regarde l'ombre des nuages glisser sur le bassin. Les mouettes tournoyer et plonger dans le ciel, cerfs-volants vivants en origami gris et blanc. Ce qui m'ennuie encore, pourtant, ce qui s'interpose entre moi et la page lorsque je m'assieds à mon bureau, ce sont les images récurrentes de l'anti-Karo. Même si elle n'existe pas, n'a jamais existé, elle existe dans ma tête, un autre cerf-volant gris claquant au vent, cachant les quelques mots griffonnés sur la page blanche. Et si je n'écris pas, je deviens aussi irréelle qu'elle, ou commets une imposture aussi grave que la sienne.

Février

Sombre cœur de l'hiver. Une autre tempête fait rage à l'extérieur du complexe. Flocons tourbillonnants, grumeaux de neige glissant le long de la vitre noire, comme si un monstre crachait sur ma fenêtre.

De plus, une chose terrifiante s'est produite. Hier, Merry Carson, une vieille camarade d'université, m'a envoyé une coupure du journal de Detroit, accompagnée d'une note concise s'indignant qu'après toutes ces années durant lesquelles j'avais décliné ses invitations, je me sois rendue à Detroit sans même l'en informer pour me prononcer en faveur de l'alphabétisation au cours d'un déjeuner.

Mais évidemment, je n'y étais pas. Deux jours avant la réception, j'avais appelé Bryan pour me plaindre de la grippe et m'excuser de ne pouvoir y aller. Sur son conseil, j'avais même téléphoné à la femme qui devait m'accueillir à Detroit pour lui dire que j'étais désolée et l'assurer de mon soutien.

Honnêtement, je n'ai pas assisté à ce déjeuner. Mais j'avais la preuve apparente du contraire : un article d'une page tiré d'un magazine féminin comprenant une photo de moi peu flatteuse et une horrible citation méconnaissable, sans aucun rapport avec ce que j'avais dit.

« Les autres intervenants ont insisté sur les avantages pratiques de l'alphabétisation, a déclaré Miss (pas même Mrs.) McKay, mais personnellement, je pense que le plus important dans l'alphabétisation, c'est qu'elle crée de véritables contacts humains avec le monde de la littérature. Par exemple, lorsqu'on sait lire, on peut, avec un peu de chance, se forger une relation personnelle avec de grands poètes américains contemporains tels qu'Adrienne Rich et Denise Levertov. »

À toutes les horreurs contenues dans cette déclaration – jargon, répétition, métaphore morte – s'ajoutait l'affirmation qu'Adrienne et Denise étaient de grands poètes américains. *Bons*, aurais-je pu dire, ou même *importants*. Mais *grands*, jamais, car il appartient à l'avenir d'en juger.

J'ai immédiatement appelé Merry pour lui dire la vérité ; je savais depuis un mois que je n'irais pas à Detroit, mais j'avais attendu la dernière minute pour annuler afin de ne pas mettre Bryan en colère. J'ai suggéré que le journal avait confondu deux articles et m'avait attribué la remarque de quelqu'un d'autre. Mais Merry n'a pas semblé apaisée, ni convaincue pour autant. Je l'entendais penser : « Elle ment à son agent, elle me ment ». Elle a reconnu que la citation ne me ressemblait pas tellement (« Mais tu sais, Carrie, ça fait bientôt dix ans que je ne t'ai pas vue, n'est-ce pas ? » – voix chagrine).

De plus, Merry pensait que les idées exprimées dans la citation, elles, me ressemblaient tout à fait. « Tu disais toujours que l'art importait plus que la sécurité et le bonheur familial », a-t-elle ajouté, me rappelant ainsi que même à l'université, elle soutenait le point de vue opposé. À l'époque, je croyais que c'était juste pour le plaisir d'argumenter – mais à présent, elle a cinq enfants et un château Tudor à Grosse Point. Et quand je pense que nous étions Carrie Martin et Merry Carson à Bertram Hall, la première année, compagnes de chambre aux noms presque jumeaux, sœurs spirituelles, inséparables !

J'ai ensuite téléphoné au journal de Detroit. La femme que j'ai fini par joindre s'est montrée polie au début, mais peu secourable. Elle n'avait pas écrit cet article, n'avait pas assisté à ce déjeuner, ignorait qui l'avait fait. Oh non (moins polie), ils prenaient toujours soin de vérifier leurs informations. Non, elle ne pouvait me promettre de publier un démenti, elle devait consulter son patron. Quel était mon nom déjà ? (offensée, soupçonneuse). Cette question m'a tellement énervée que j'ai haussé le ton – en fait, je me suis plus ou moins mise à crier. Ce qui, bien sûr, l'a convaincue qu'il s'agissait d'une imposture.

Une imposture. Très bien. Supposons qu'il ne s'agisse pas d'une simple erreur éditoriale. Supposons que ce soit encore l'anti-Karo ; qu'elle existe bel et bien, qu'elle traverse tout le pays en se faisant passer pour moi afin de donner une mauvaise image de moi. Seulement maintenant, elle ne se contente plus de salir ma réputation devant une seule personne à la fois. Elle cherche à atteindre une audience plus large. Je me souviens avoir entendu dire que le personnage public avait une vie propre. Et à présent, l'anti-Karo est en train de devenir mon personnage public, afin de le détruire.

Au bord de la panique, j'ai téléphoné à Bryan Woods pour lui raconter presque toute l'histoire. Au début, il s'est montré très irritant : il pensait que malade et fiévreuse comme je l'avais été (je ne pouvais lui avouer la vérité à ce sujet, bien sûr), j'avais réellement fait cette déclaration ampoulée. Quand j'ai contesté une telle éventualité, il a envisagé en maugréant la possibilité d'une imposture, mais il n'avait aucune suggestion quant au moyen de régler ce problème, et (sous ses condoléances professionnelles pleines de sollicitude) il semblait trouver la situation plutôt amusante.

« C'est la rançon du succès », a-t-il déclaré avec un

ricanement nasillard déguisé en toux, prétextant qu'il avait un rhume (mensonge? Nous ferions tous les deux semblant d'être malades?). Lorsque je lui ai demandé si je devais aller voir la police, il m'a répondu qu'il n'en voyait pas bien l'utilité.

« En clair (je l'entendais se retenir de rire), vous proposez d'aller dire aux flics de Detroit qu'une femme s'est peut-être fait passer pour vous et a déclaré à un journaliste que Denise et Adrienne (également ses clientes, ceci dit en passant) étaient de grands poètes? De vous à moi, Karo, je n'en vois pas l'intérêt. (Autre ricanement, ou éternuement.) Je crois qu'à votre place, j'essayerais d'oublier toute cette histoire. Même si cette personne existe, elle ne vous a vraiment pas fait grand tort.

– Non, elle m'a seulement fait passer pour une belle idiote et un mauvais écrivain; elle a volé un sweat-shirt à Minneapolis, et à Denver, elle a gratifié une femme du titre de poétesse en herbe ». Je n'ai pas eu le courage de mentionner la lettre de Hal/Hull.

« Je croyais que selon vous, il s'agissait d'une confusion.

– C'est ce que je pensais au début, mais... Oh, peu importe. » J'ai abandonné. J'ai raccroché et pris un autre Valium. (Je dois encore faire renouveler mon ordonnance.) À peine Janey aurait-elle dû être rentrée du travail que j'ai tenté de lui téléphoner, mais je n'ai pas réussi à la joindre avant onze heures. Et elle n'a pas été d'un grand secours.

« Je crois qu'il s'agissait juste d'une erreur, maman. Les gens du service de presse présumaient que tu viendrais, alors, ils ont préparé un communiqué à l'avance. Ils le font parfois, à mon bureau. SOIXANTE PERSONNES FONT PRESSION POUR DÉFENDRE L'AVORTEMENT, c'est ce qu'on a annoncé le mois dernier, mais il y a eu du blizzard, et la moitié d'entre nous n'ont pas pu atteindre le siège de la législature. Pourtant, l'article est paru dans le *Globe*, et ils ne l'ont pas démenti. »

De plus, selon Janey, il s'agissait forcément d'une erreur, car même si l'anti-Karo existait, se trouvait à Detroit, et savait que je devais intervenir là-bas, pourquoi aurait-elle voulu faire une fausse déclaration à la presse ?

« Parce qu'elle me déteste, parce qu'elle veut donner une mauvaise image de moi. »

Il y eut un silence au bout du fil, mais je devinais ce que pensait Janey ; j'entendais encore sa voix de fillette de quatre ans dire pour la première, mais pas la dernière fois : « Maman est bête ». Et j'ai ensuite entendu sa voix de femme de vingt-six ans dire que je ne devais pas m'inquiéter, mais essayer de me sortir cette histoire de la tête et d'aller dormir. Ce qu'elle comptait probablement faire elle-même ; je lui ai donc assuré que je suivrais ses conseils puis souhaité bonne nuit.

Déboussolée ; bafouée et suspectée par tout le monde, voilà comment je me sens. Je ne suis plus sûre de moi ni de la vérité. Je présume que c'est ce que cherche l'anti-Karo. Et les indices s'accumulent. Par exemple, je n'ai jamais reçu le courrier respectable de Hal/Hull, contrairement à ce que Janey avait prédit. Vers minuit, incapable de dormir, j'ai trouvé une vieille carte routière des États-Unis dans un tiroir. Oakland – Denver – Minneapolis – Chicago – Detroit. J'ai fini par comprendre ce qui se tramait : j'ai compris que l'anti-Karo se dirigeait vers l'est, venait vers moi. Venait me piéger, pour une raison démente, pour la bonne raison que cette femme était une démente.

Mars

Pluies froides torrentielles; esprit confus et moral bas. Je traîne un rhume de cerveau depuis des semaines. Toujours fiévreuse par moments, je vois rarement mes étudiants. L'Anti-Karo ne s'est plus manifestée de façon significative, et pourtant, ce qui s'est passé la semaine dernière à Buffalo a laissé planer sur ma vie un nuage de peur, surtout lors de mes apparitions publiques.

Je me trouvais à l'aéroport de Buffalo. En entrant dans le terminal, j'ai aperçu, à une centaine de mètres derrière la barrière, deux jeunes universitaires dont l'un tenait un panneau blanc – à l'évidence, mon comité d'accueil. Ensuite, je les ai vus aller saluer quelqu'un d'autre – une femme brune qui me tournait le dos et qui s'est éloignée un instant après – puis regarder autour d'eux et agiter une main hésitante dans ma direction. Un cas banal de confusion d'identité, m'ont-ils expliqué, tandis que je restais figée, presque incapable de parler.

Car un frisson de peur venait de me parcourir : l'anti-Karo. Selon moi, j'étais sauve uniquement parce que je n'avais pas vu son visage; si je l'avais vu, je serais morte.

Ne sois pas stupide, il ne pouvait s'agir de l'anti-Karo, me suis-je dit sur le chemin du centre-ville. Elle savait peut-être que je donnais une lecture à Buffalo; elle ne pouvait pas savoir par quel avion j'arrivais. Mais quelle que soit sa véritable identité, si cette femme avait prétendu être Karo McKay, ils l'auraient crue et m'auraient abandonnée dans l'aéroport comme si je n'avais pas existé.

Arrivée au motel, je me sentais toujours tendue,

étrange. J'ai pris un Valium, je me suis allongée sur le lit sans réussir à me détendre, je me suis levée, j'ai enfilé ma robe en dentelle crème et mis mes boucles d'oreille françaises en forme de chandelier, puis je me suis brossé les cheveux, remaquillée, et aspergée de *Ma Griffe*. Dans la glace, je ressemblais à Karo McKay.

Mais durant les heures qui suivirent, je me suis sentie comme étrangère à moi-même. La nourriture servie au dîner officiel avait un drôle de goût, et chaque fois que je parlais à quelqu'un, j'avais l'impression de répéter les répliques d'un script, un script que j'aurais lu trop de fois.

Puis, dès mon entrée en scène, tout s'est mis à aller de travers. Je voyais les mains applaudir dans la pénombre, mais on aurait dit des applaudissements en boîte, comme à la télé. Aucune vague d'énergie n'est venue me transformer, rien. J'ai souri, parlé, passé la bande. Je bougeais, je modulais et projetais ma voix, mais chaque mot sonnait faux, chaque mouvement ressemblait à un film truqué, artificiellement ralenti ou accéléré.

Puis, vers la fin du spectacle, j'ai eu la sensation que ce n'était pas moi que l'audience regardait, mais quelqu'un d'autre, quelqu'un se tenant juste derrière moi et légèrement sur ma gauche. Je me sentais terrifiée, étourdie, et les deux derniers poèmes ont littéralement traîné en longueur. En quittant la scène, j'ai regardé par-dessus mon épaule; il n'y avait personne. Mais tout restait étrange; les éloges et les remerciements, ainsi que mes réponses, semblaient tendus, forcés, artificiels. Je ne peux plus faire ça, me suis-je dit, je ne peux plus continuer.

Mais il le faut. Le monde exige que j'apparaisse

régulièrement sur scène, et aux inévitables cérémonies qui vont avec : déjeuners, dîners, réceptions. Il me condamne à la pauvreté et à l'anonymat si j'arrête, mais me soudoie à coup de gloire et de cachets... parfois une seule lecture me rapporte plus que l'ensemble de mes livres en une année.

Et ce phénomène ne m'est pas réservé. Combien de bons écrivains – de grands écrivains – avons-nous vu apparaître en public bien trop souvent et bien trop longtemps, poussés par ces pots-de-vin et ces faveurs? Ne les ai-je pas vus sur scène, physiquement et émotionnellement épuisés, bafouiller, se répéter? Se tuer à la tâche au point de ne plus avoir assez d'énergie ou de tranquillité pour écrire? Cela pourrait m'arriver. Peut-être le processus a-t-il déjà commencé, ce qui expliquerait pourquoi je ne peux... N'y pense pas.

Tout ce que j'ai ressenti à Buffalo peut s'expliquer de façon rationnelle, sans aucun doute : j'étais fatiguée, l'avion m'avait donné mal au cœur, je me remettais d'un rhume, j'avais trop bu... Mais ce que je ne peux m'expliquer, c'est ma terreur absolue au moment où j'ai cru apercevoir le dos de l'anti-Karo à l'aéroport, peu importe de qui il s'agissait. Ou de quoi. Elle avait l'air d'une femme ordinaire, mais si ce n'était pas le cas?

Si ce n'était pas une vraie femme, mais un genre de vampire ou de spectre qui avançait vers moi. Oakland – Denver – Minneapolis – Chicago – Detroit... Buffalo. Et presque en ligne droite. Si ce n'était pas un être humain, mais un esprit malin, comme ces démons du folklore oriental qui ne peuvent pas tourner.

Ceci expliquerait comment elle sait toujours où je me trouve, comment elle glisse de ville en ville. Laissant une trace de bave derrière elle tel un escargot, gâchant, détruisant ma vie. Et une fois qu'elle s'est acquittée de mes obligations publiques, je deviens incapable de les remplir; c'est comme si elles avaient été salies, viciées. Déjà, je n'arrive plus à sourire aux beaux inconnus, ni à signer des livres ou à parler à mes admirateurs aussi facilement et aussi gracieusement qu'avant. Et à présent, même être sur scène me semble irréel.

Non, non, je ne dois pas penser ainsi, c'est de la folie! J'ai été malade, je dois me donner du temps pour me rétablir. Appeler Bryan, annuler ces deux dernières lectures. C'est ça; et lui dire de ne plus rien prévoir pour l'été et l'automne pendant un moment. Panique; si je ne peux ni monter sur scène ni enseigner, comment vais-je survivre?

Et je n'ose pas m'arrêter trop longtemps. Si je n'apparais nulle part en public, je cesserai peu à peu d'exister aux yeux du monde littéraire. Les amoureux de la poésie sont aussi impatients et capricieux que les autres amoureux; si vous ne leur rappelez pas constamment votre existence, ils vous oublient très vite. Surtout si vous n'avez rien écrit de nouveau... (Ne pense pas à ça.) Plus tôt que vous ne l'imaginez, vous êtes un inconnu.

Avril

C'est fini, tout est fini, ma carrière d'écrivain, ma vie, tout. J'ai commis une erreur fatale : j'ai laissé Bryan Woods me persuader de ne pas annuler la lecture prévue à Albany. Il semblait si offusqué, si insistant, il me répétait sans cesse qu'elle était si proche, si importante, si bien payée.

« Je pense à vous, Karo chérie, à votre réputation »,

a-t-il déclaré, mais ne pensait-il pas plutôt à la sienne, qui reposait sur sa capacité à assurer la venue de poètes performants?

Sitôt dans l'avion, j'ai eu l'impression d'avoir commis une terrible erreur. Nous nous sommes mis à vaciller à travers de froids nuages bouillonnants, et j'ai ouvert le magazine de vol à la page représentant une carte des États-Unis striée de routes arachnéennes, une toile dont j'ai suivi un fil particulier : Oakland – Denver – Minneapolis – Chicago – Detroit – Buffalo... Albany. Une fois encore, j'allais vers l'anti-Karo qui, elle, venait vers moi.

Dès mon arrivée à Albany, tout m'a semblé bizarre : air voilé par une brume blanche de printemps comme une vichyssoise gâtée, voix et visages brumeux. J'avais encore mal au cœur, et en enfilant ma robe de soie vert océan dans ma chambre, au motel, je me suis aperçue qu'elle flottait autour de moi comme du linge sale abandonné par une sirène – je perdais toujours du poids –, et dans le miroir, mon visage paraissait meurtri, fardé. Je ne suis pas bien, ai-je alors pensé, je n'aurais pas dû venir.

Je me suis couchée, levée, j'ai avalé un autre Valium, sans effet apparent. J'ai ouvert le réfrigérateur, trouvé une petite bouteille de jus d'orange et une mignonnette de vodka, mélangé les deux, recouvré une activité minimale. Puis réception et dîner, accompagnés d'autres verres et d'autres rires en boîte. Je me suis également entendue parler et rire, mais comme si quelqu'un d'autre se tenant à l'écart, un ventriloque, le faisait à ma place, tandis que j'essayais de rester d'aplomb et de ne pas vomir dans mon assiette.

Arrivée au bâtiment où je devais donner ma lecture, j'ai demandé les toilettes. Quelqu'un m'a indiqué le chemin : au bout d'un corridor nu chichement éclairé se trouvait une longue pièce chaude mal aérée avec des rangées de carreaux beiges, des lavabos beiges, des portes métalliques beiges, toutes fermées, comme si des culs-de-jatte étaient assis à l'intérieur des cabines. J'avais chaud, la nausée, le vertige. J'ai tenté de vomir, en vain ; j'ai ouvert le robinet pour m'asperger d'eau, sans plus de résultat, sauf qu'à présent, le visage qui se reflétait dans le miroir allongé semblait trempé, tordu ; les cheveux mouillés, filasse ; les yeux jaunes, dans le vague.

Je ne peux pas y aller, me suis-je dit. J'ai titubé dans le couloir, fait demi-tour en courant, tourné dans un cul-de-sac, tourné à nouveau dans une pièce voûtée caverneuse. La foule se pressait pour entrer. Je me suis faufilée à travers cette foule vers une porte ouverte.

Dehors, il faisait heureusement plus frais. Le brouillard partait en lambeaux, se levait, tout était humide, sombre, les arbres mouchetés de printemps brillaient. Je suis restée là à avaler de l'air froid, pur. Pour l'amour du ciel, Karo McKay, qu'est-ce que tu fabriques ? Tu retournes là-dedans et tu lis tes poèmes, comme promis.

J'ai donc remonté en chancelant le trottoir parsemé de gouttes de pluie. L'entrée était presque vide à présent, et je me suis avancée vers les portes situées à l'autre bout, mais un jeune homme imposant m'a bloqué le passage de l'autre côté en exigeant mon ticket.

« Oh, je n'ai pas besoin de ticket, je suis le poète. » J'ai souri. Lui non, et il n'a pas bougé.

« Désolé, madame. Pas d'entrée gratuite ce soir. Le guichet est par là. Vous feriez mieux de vous dépêcher, ça va commencer. »

Je me suis dit : très bien, je vais acheter un ticket ; ils

me le rembourseront, ce sera amusant... Mais je n'avais pas d'argent sur moi, seulement mon dossier en brocart contenant mes poèmes et mon magnétophone.

« Vous ne comprenez pas », ai-je protesté, à nouveau prise de vertiges et de nausées. « Je suis le poète qui doit lire ce soir – je suis Karo McKay. »

Le placeur a jeté un œil à sa pile de programmes, comparant la photo de couverture (années en moins, kilos en plus) avec moi; il était clair que selon lui, les deux ne correspondaient pas le moins du monde.

« Désolé, madame », a-t-il répété sur ce ton neutre qu'on emploie avec les resquilleurs et les fous.

Il aurait peut-être ajouté autre chose, mais un troupeau de gens se hâtait à présent de traverser l'entrée, ticket à la main. Lorsqu'il a ouvert la porte en grand pour les laisser passer, j'ai entendu la voix d'une femme qui parlait, non, qui lisait le premier vers de « Plaisirs lointains ». Je me suis dit : c'est ma voix, provenant de la cassette enregistrée pour la bibliothèque de poésie; ils la passent pour faire patienter l'audience dans le calme jusqu'à mon arrivée.

Je me suis faufilée derrière le placeur, feignant de ne pas entendre ses protestations, et j'ai dévalé l'allée. Mais en levant les yeux vers la scène, j'ai vu qu'une femme s'y trouvait déjà, elle aussi parée d'une cascade de cheveux bruns et d'une robe verte, agitant les bras autour d'elle... J'ai crié, glissé, attrapé la boiserie arrondie d'un dossier, trébuché. D'autres personnes ont crié, se sont approchées – c'était fini.

Épuisement, grippe, a-t-on dit plus tard sur le ton de la politesse et de la compassion. J'imagine que, dans mon dos, certains ont aussi invoqué les médicaments, la boisson, la dépression nerveuse, qui sait? Je ne me souviens pas très bien de la suite. À un moment, j'ai vomi dans une poubelle métallique, dans une sorte de salle de conférence avec un tableau sur lequel s'étalaient des mots étrangers écrits à la craie. Mais peut-être ne savais-je plus lire, car je ne comprenais pas non plus la plupart de ce qu'on me disait.

Plus tard, on m'a transportée sur le siège arrière d'une voiture dont le plancher était couvert de papiers de chewing-gum, puis dans une petite chambre mal décorée pourvue de stores vénitiens roses et d'un couvre-lit de candlewick assorti, où l'on m'a apporté des tasses de thé tiède que j'ai refusées.

Mais je n'arrivais pas à dormir. Je transpirais, j'avais de la fièvre, je voyais sans cesse l'anti-Karo, entendais sa voix encore, encore et encore. Horrible ; et pas seulement sa voix, mais ses mots, mes mots. C'était comme si j'entendais lire « Plaisirs lointains » sur un ton délibérément affecté, forcé, théâtral, pour lui donner une tonalité fausse, ampoulée, médiocre.

Je restais allongée dans l'ombre, trop fiévreuse et trop écœurée pour dormir, à entendre d'autres vers se répercuter, se répéter dans ma tête comme dans un auditorium infernal. Ils sonnaient mal, faux, à l'instar de ce faux nom « Karo McKay », mi-emprunt illicite (au père de Janey), mi-invention futile. Et chacune de ces lignes que j'avais écrites ou lues me semblait sonner ainsi : tel un pastiche de mots mélodramatiques et sentimentaux trempés dans un style théâtral outré, comme dans du sirop bon marché, sucré, poisseux et incolore.

Pendant un long moment, je suis restée là, effondrée sur le lit, puis la nuit s'est changée en jour, et Janey est venue de Boston. Elle a parlé avec le médecin, a tout arrangé. Elle a également soutenu que la femme à la robe verte était juste le professeur devant présenter Karo McKay; que sa robe n'était pas verte, de toute façon, mais bleue, et que ses cheveux, plus clairs, tombaient seulement aux épaules. Je n'en suis pas si sûre. Je crois avoir vu ce que j'ai vu. Ce que j'étais censée voir.

Janey est ensuite retournée au motel avec moi; elle m'a aidée à faire mes bagages, puis elle et Tom m'ont conduite à Cape Cod. Ils ont dû se débrouiller pour ouvrir – ou faire ouvrir – le cottage et allumer le chauffage; quelqu'un a dû assurer mes deux dernières semaines de cours.

J'imagine que Bryan Woods s'est excusé auprès des gens d'Albany. Je n'en sais rien, je n'ai pas voulu lui parler, et il ne veut probablement pas me parler non plus. Je m'en moque. Je préfère penser que je n'aurai plus jamais à faire la conversation à des inconnus stupides, ni à être secouée dans des avions nains, ou à rester allongée sans pouvoir dormir sur des lits géants durs comme pierre dans des chambres de motel anonymes mal aérées, crispée par le grésillement asthmatique de l'air conditionné et les sifflements étranglés des camions filant sur une autoroute polluée que je ne connais pas.

C'est le vrai printemps ici. La vie fait miroiter le bassin, les cris aigus des oiseaux le déchirent, et chaque soir, de turbulentes grenouilles l'investissent en coassant. Je me promène au bord de l'eau, ou dans les bois humides clairsemés, parmi les spirales des fougères couvertes de sable et les aracées veinées de rouge aux pousses dangereuses. Je prends du poids, je dors à nouveau toute la nuit.

Je n'ai pas eu de nouvelles de l'anti-Karo. Peut-être en détruisant Karo McKay s'est-elle, elle aussi, détruite, évaporée dans « l'air éthéré ». Sans aucun doute, Shakespeare avait raison : l'air dans lequel s'évaporent les fantômes doit être particulièrement léger. Sinon, ils l'encrasseraient comme des polluants industriels.

À d'autres moments, je me dis qu'après tout, il s'agissait d'une banale imposture, et que cette femme est toujours là-bas, qu'elle continue à mener la vie publique de Karo McKay. Je m'attends à voir sa photo dans le *Times*, à lire une interview, à entendre dire que quelqu'un l'a rencontrée quelque part ou a assisté à une de ses lectures. Je ne crois pas qu'elle publiera quoi que ce soit : les imposteurs et les esprits malins ne savent pas écrire de poèmes. Et bien sûr, si elle ne publie rien, tout le monde l'oubliera d'ici quelque temps, ou sera même persuadé qu'elle est morte.

Mais ceci n'a aucune importance, car en ce qui me concerne, elle a déjà gagné. Il n'y a personne ici, à part Carrie Martin, une femme divorcée âgée de quarante-huit ans, mère d'une fille adulte sensée et merveilleuse. Cette femme connait la sténo et la comptabilité, mais elle est actuellement sans emploi. Elle touche un petit revenu – insuffisant –, et elle devra donc bientôt chercher du travail. Elle a la peau sèche et pâle, une longue tignasse de cheveux teints en noir virant sur le gris mousse, elle qui jadis avait été assez belle. Elle porte des lunettes pour lire et un demi-dentier. Elle refuse le courrier adressé à Karo McKay. Elle aime le savon parfumé à la fleur d'oranger, les fleurs blanches, et les avocats mûrs agrémentés de jus de citron et d'huile d'olive. Elle a le regard absent.

Mais ces derniers temps, elle s'est mise à entendre

des expressions, des vers, et même des strophes entières de poésie, qui lui parviennent dans un murmure – d'un tas de pommes de terre poussiéreuses et d'oignons roux parcheminés, dans la brise humide bleutée planant au-dessus du bassin. Ils ne la laissent pas tranquille, ils se répercutent, se répètent, se forment et se reforment.

D'habitude, j'essaie de ne pas les écouter. Mais une fois de temps en temps, pour les faire taire, je les griffonne et les enferme dans un tiroir. Ils veulent sortir, mais je ne les laisserai pas faire. Car aussi longtemps qu'ils seront à l'abri de l'anti-Karo, je le serai aussi.

Table

Collection de littérature étrangère

Harold Acton
Pivoines et Poneys
traduit de l'anglais par Christian Thimonier

Felipe Alfau
Chromos
traduit de l'anglais par Bernard Cohen

Paul Bowles
Le Scorpion
traduit de l'anglais par Chantal Mairot

L'Écho
traduit de l'anglais par Brice Matthieussent

Un thé sur la montagne
traduit de l'anglais par Brice Matthieussent

Truman Capote
Un été indien
traduit de l'anglais par Patrice Repusseau

Entretiens
traduit de l'anglais par Michel Waldberg

Raymond Carver
Les Trois Roses jaunes
traduit de l'anglais par François Lasquin

Willa Cather
L'Un des nôtres
traduit de l'anglais par Marc Chénetier

La Maison du professeur
traduit de l'anglais par Marc Chénetier

Piero Chiara
D'une maison l'autre, la vie
traduit de l'italien par Simone Darses

Fausta Cialente
Les Quatre Filles Wieselberger
traduit de l'italien par Soula Aghion

Lettice Cooper
Une journée avec Rhoda
traduit de l'anglais par Nicole Tisserand

Robertson Davies
L'Objet du scandale
traduit de l'anglais par Arlette Francière
Le Manticore
traduit de l'anglais par Lisa Rosenbaum
Le Monde des Merveilles
traduit de l'anglais par Lisa Rosenbaum

Andrea De Carlo
Chantilly Express
traduit de l'italien par René de Ceccatty

Daniele Del Giudice
Le Stade de Wimbledon
traduit de l'italien par René de Ceccatty

Erri De Luca
Acide, Arc-en-ciel
traduit de l'italien par Danièle Valin

Heimito von Doderer
Un meurtre que tout le monde commet
traduit de l'allemand par Pierre Deshusses
Les Chutes de Slunj
traduit de l'allemand par Albert Kohn et Pierre Deshusses
Les Fenêtres éclairées
traduit de l'allemand par Pierre Deshusses

Anne Enright
La Vierge de poche
traduit de l'anglais par Édith Soonckindt-Bielok

Franco Ferrucci
Les Satellites de Saturne
traduit de l'italien par Alain Sarrabayrouse

Eva Figes
Lumière
traduit de l'anglais par Gilles Barbedette

Ronald Firbank
Les Excentricités du cardinal Pirelli
traduit de l'anglais par Patrick Reumaux
La Fleur foulée aux pieds
traduit de l'anglais par Jean Gattégno

Mario Fortunato
Lieux naturels
traduit de l'italien par François Bouchard

Jane Gardam
La Dame aux cymbales
traduit de l'anglais par Suzanne V. Mayoux

William Gass
Au cœur du cœur de ce pays
traduit de l'anglais par Marc Chénetier et Pierre Gault

Kaye Gibbons
Ellen Foster
traduit de l'anglais par Marie-Claire Pasquier

Une femme vertueuse
traduit de l'anglais par Marie-Claire Pasquier

William Goyen
Une forme sur la ville
traduit de l'anglais par Patrice Repusseau

Le Grand Réparateur
traduit de l'anglais par Patrice Repusseau

Alasdair Gray
Pauvres créatures
traduit de l'anglais par Jean Pavans

Christopher Isherwood
Octobre
traduit de l'anglais par Gilles Barbedette

Fazil Iskander
Les Lapins et les Boas
traduit du russe par Bernard Kreise

Henry James
Mémoires d'un jeune garçon
traduit de l'anglais par Christine Bouvart

Maxine Hong Kingston
Les Hommes de Chine
traduit de l'anglais par Marie-France de Paloméra

Mirko Kovač
La Vie de Malvina Trifković
traduit du serbo-croate par Pascale Delpech

Hermann Lenz
Les Yeux d'un serviteur
traduit de l'allemand par Michel-François Demet

Le Promeneur
traduit de l'allemand par Michel-François Demet

David Lodge
Jeu de société
traduit de l'anglais par Maurice et Yvonne Couturier

Changement de décor
traduit de l'anglais par Maurice et Yvonne Couturier

Un tout petit monde
traduit de l'anglais par Maurice et Yvonne Couturier

La Chute du British Museum
traduit de l'anglais par Laurent Dufour

Nouvelles du Paradis
traduit de l'anglais par Maurice et Yvonne Couturier

Jeux de maux
traduit de l'anglais par Michel Courtois-Fourcy

Alison Lurie
Liaisons étrangères
traduit de l'anglais par Sophie Mayoux

Les Amours d'Emily Turner
traduit de l'anglais par Sophie Mayoux

La Ville de nulle part
traduit de l'anglais par Élisabeth Gille

La Vérité sur Lorin Jones
traduit de l'anglais par Sophie Mayoux

Des gens comme les autres
traduit de l'anglais par Marie-Claude Peugeot

Conflits de famille
traduit de l'anglais par Marie-Claude Peugeot

Des amis imaginaires
traduit de l'anglais par Marie-Claude Peugeot

Ne le dites pas aux grands
Essai sur la littérature enfantine
traduit de l'anglais par Monique Chassagnol

Comme des enfants
traduit de l'anglais par Marie-Claude Peugeot

Bernard Malamud
Le Peuple élu
traduit de l'anglais par Martine Chard-Hutchinson

Pluie de printemps
traduit de l'anglais par Martine Chard-Hutchinson

Javier Marías
L'Homme sentimental
traduit de l'espagnol par Laure Bataillon

Le Roman d'Oxford
traduit de l'espagnol par Anne-Marie et Alain Keruzoré

Ce que dit le majordome
traduit de l'espagnol par Anne-Marie et Alain Keruzoré

Un cœur si blanc
traduit de l'espagnol par Anne-Marie et Alain Keruzoré

Aidan Mathews
Du muesli à minuit
traduit de l'anglais par Édith Soonckindt-Bielok

Steven Millhauser
La Galerie des jeux
traduit de l'anglais par Françoise Cartano

Le Royaume de Morphée
traduit de l'anglais par Françoise Cartano

Lorrie Moore
Des histoires pour rien
traduit de l'anglais par Marie-Claire Pasquier
Anagrammes
traduit de l'anglais par Édith Soonckindt

Vies cruelles
traduit de l'anglais par Édith Soonckindt

Vladimir Nabokov
L'Enchanteur
traduit de l'anglais par Gilles Barbedette

Nicolas Gogol
traduit de l'anglais par Bernard Géniès

Vladimir Nabokov - Edmund Wilson
Correspondance 1940-1971
traduit de l'anglais par Christine Raguet-Bouvart

Grace Paley
Les Petits Riens de la vie
traduit de l'anglais par Claude Richard

Plus tard le même jour
traduit de l'anglais par Claude Richard

Pier Paolo Pasolini
Descriptions de descriptions
traduit de l'italien par René de Ceccatty

Walker Percy
Le Cinéphile
traduit de l'anglais par Claude Blanc

Le Syndrome de Thanatos
traduit de l'anglais par Bénédicte Chorier

Le Dernier Gentleman
traduit de l'anglais par Bénédicte Chorier

Darryl Pinckney
Noir, Marron, Beige
traduit de l'anglais par Michèle Albaret

Elisabetta Rasy
La Première Extase
traduit de l'italien par Nathalie Castagné

La Fin de la bataille
traduit de l'italien par Nathalie Castagné

L'Autre Maîtresse
traduit de l'italien par Nathalie Castagné

Umberto Saba
Couleur du temps
traduit de l'italien par René de Ceccatty

Ombre des jours
traduit de l'italien par René de Ceccatty

John Saul
De si bons Américains
traduit de l'anglais par Henri Robillot de Massembre

Carl Seelig
Promenades avec Robert Walser
traduit de l'allemand par Bernard Kreiss

Jane Smiley
L'Exploitation
traduit de l'anglais par Françoise Cartano

Portraits d'après nature
traduit de l'anglais par Isabelle Reinharez

Natsumé Sôseki
Oreiller d'herbes
traduit du japonais par René de Ceccatty et Ryôji Nakamura

Clair-obscur
traduit du japonais par René de Ceccatty et Ryôji Nakamura

Le 210e Jour
traduit du japonais par René de Ceccatty et Ryôji Nakamura

Le Voyageur
traduit du japonais par René de Ceccatty et Ryôji Nakamura

À travers la vitre
traduit du japonais par René de Ceccatty et Ryôji Nakamura

Gertrude Stein
Brewsie & Willie
traduit de l'anglais par Marie-Claire Pasquier

Wilma Stockenström
Le Baobab
traduit de l'anglais par Sophie Mayoux

Italo Svevo
Le Destin des souvenirs
traduit de l'italien par Soula Aghion

Elizabeth Taylor
Mrs. Palfrey, Hôtel Claremont
traduit de l'anglais par Nicole Tisserand
Cher Edmund
traduit de l'anglais par François Dupuigrenet Desroussilles
Noces de faïence
traduit de l'anglais par Nicole Tisserand
Une saison d'été
traduit de l'anglais par Anne Rabinovitch
La Bonté même
traduit de l'anglais par Nicole Tisserand

Federigo Tozzi
Bêtes
traduit de l'italien par Nathalie Castagné

Vladimir Voïnovitch
La Chapka
traduit du russe par Agathe Moitessier

Paul West
Le Médecin de Lord Byron
traduit de l'anglais par Jean-Pierre Richard
Les Filles de Whitechapel et Jack l'Éventreur
traduit de l'anglais par Jean-Pierre Richard
Le Palais de l'amour
traduit de l'anglais par Jean-Pierre Richard

Leslie Wilson
Maléfices
traduit de l'anglais par Michèle Albaret

Evguéni Zamiatine
Le Pêcheur d'hommes
traduit du russe par Bernard Kreise

Cet ouvrage a été réalisé par la
SOCIÉTÉ NOUVELLE FIRMIN-DIDOT
Mesnil-sur-l'Estrée
pour le compte des Éditions Payot & Rivages
en mai 1994

Imprimé en France
Dépôt légal : juin 1994
N° d'impression : 26850